当代作家精品·散文卷

凌翔 主编

生命的回声

张彦梅 著

天津出版传媒集团

天津人民出版社

图书在版编目 (CIP) 数据

生命的回声 / 张彦梅著 . –– 天津：天津人民出版
社 , 2024.8
　（当代作家精品 / 凌翔主编 . 散文卷）
　ISBN 978-7-201-20479-6

　Ⅰ . ①生… Ⅱ . ①张… Ⅲ . ①散文集－中国－当代
Ⅳ . ① I267

中国国家版本馆 CIP 数据核字 (2024) 第 096302 号

生命的回声
SHENGMING DE HUISHENG

出　　　版	天津人民出版社	
出 版 人	刘锦泉	
地　　　址	天津市和平区西康路 35 号康岳大厦	
邮 政 编 码	300051	
邮 购 电 话	（022）23332469	
电 子 信 箱	reader@tjrmcbs.com	

责 任 编 辑	岳　勇
封 面 设 计	邓小林
封 面 题 字	吴振峰
主 编 邮 箱	jfjb-lx2007@163.com

印　　　刷	三河市中晟雅豪印务有限公司
经　　　销	新华书店
开　　　本	787 毫米 ×1092 毫米　1/16
印　　　张	14
字　　　数	148 千字
版 次 印 次	2024 年 8 月第 1 版　2024 年 8 月第 1 次印刷
定　　　价	69.80 元

序一　生命的回声

◇和谷

几年前的一个夏日，散文学会一行到我老家的南凹游玩。我尽地主之谊，给同行做向导，一起在古槐下歇凉，在老宅前叙旧，在土路上爬坡，在晓园里赏花，说文谈艺，好不惬意。

一行人中，多为老友。陌生人中有个叫张彦梅的，是一位清秀矜持的女子。笔名薰予，让人联想到温馨暖和的蕙草，一种炊烟熏天的诗意。也曾在报刊上浏览过她的散文作品，文如其名其人，便结为文友，偶尔在微信中交流信息。

近来，她将发表的散文作品结集为《生命的回声》出版，当可喜可贺。一位在生活中喜欢读书的女子，寄情感于知性，又勤于把平素波澜不惊的日子的闪光付诸文字，愉悦安抚了自己的心理，也给读者带来分享生活的点滴感悟，便是文学写作的意义与价值。心向往之也好，敝帚自珍也罢，有机会将写作的收获如农人似的冬藏入囤，总是写作者快慰的。

生命的回声，是一种人生记忆的交响。从记事起，经历过童年的天真，少年的梦想，青年的激情，中年的成熟，以至老年的深沉，是不断在回望中前行的。命途顺畅或多舛，对于文学写作来说皆乃精神财富。

彦梅散文的格调，与她的文化背景和生活环境一致，在日常生活中寻找审美，在艺术中调整对生活的态度，是为生活的艺术，艺术地生活。真实诚恳地对待身边的世相与事物，注重情感的精神处境，即使面对一种喧嚣斑驳的情境，也能够保持冷静和审慎的内心的安宁。《中庸》曰："博学之，审问之，慎思之，明辨之，笃行之"，也印证了她散文篇章的思想艺术特征。

自从初识，似乎仅在文化活动中碰过几面，也只是颔首微微一笑。集中读到她的多篇散文作品，似乎窥见了文字背后那朵冬雪中开放的梅，那枝蕙草散发的温暖的熏风。

凡白纸黑字，呈现出的每一句词语，都会把藏在文章背后的那个捉笔之人暴露无遗。主要是文化立场与审美倾向，包括年龄、性情、资历、学养、人格。这是我对为文者的观察经验，同时适合于《生命的回声》的作者。

2023 年 12 月 3 日于清凉寺

（和谷，国家一级作家、陕西省作协主席团顾问）

序二　日常里的温暖

◇高亚平

　　我和张彦梅认识有好多年了，已是很熟稔的朋友。作为朋友，偶尔，我们也会在一起小聚，喝喝茶，聊聊天，谈谈读书和写作。这全是因为文学的缘故，文学可以让人结缘，也可以让人变得亲近。而每次见到她，我的心中都会蹦出四个字：草木性情。的确，彦梅的身上有一股清气在。她是安静的，也是温婉的，如花草一般，脸上时时绽放着一丝微笑，让人觉得温暖而亲切。我知道她多年来一直在默默地写作，在认真地读书，在按照自己对这个世界的理解有滋有味地生活，如一条汩汩流动的山溪，清澈而敞亮。

　　在国内的一些报刊上，我也常常能看到她的作品，有散文，有诗歌，还有书评。看到了，总会为她高兴，当然，也会读读。朋友间聚会时，有时不经意间提到她，我就会对朋友们感叹说，彦梅的文章是越写越好了。朋友们也都表示首肯。

　　《生命的回声》这部书稿，我是近期才拿到的，一读，就沉醉其间，且心生欢喜。这部书稿中的文字，给我一个总体的印象是彦梅对自己当下和以往生活的展示和思考。这里面有对亲人的回忆，有对自己喜欢的物事的描写，有对自己生活的记述，还有自己的一些读书心得，等等。所写皆日常细事，却处处透露出她那爱的情怀。这种情怀有对亲人的爱，有对他人的爱，有对人间一切美好事物的爱，当然，也有对养育她的这片土地的爱。"为什么我的眼里常含泪水，因为我对这土地爱得深沉。"爱意绵绵，情义深深，令人为之动容。

草木平和、安静，守初心，少纷争，且浑身散发出一种清馨，让人心悦，让人喜欢。彦梅亦喜欢。她的文章中，有很多写草木的文字，读之，让人齿颊生香，神清气爽。她写春野中的野草、婆婆纳、蒲公英、野豌豆，自在花开，一个"野"字，涵盖了原野上所有生命的韧性自在，随性蓬勃。她恨不得把这些原野上的精灵，全带回家，插入她家的花瓶中，让这些鲜物陪伴她，清新她的心灵，安妥她的灵魂。她写菖蒲，写枇杷，写鸢尾，写石榴，写碰碰香，写苦楝……写一切和她有联系的植物，写她心仪的草木。写菖蒲，"一盆菖蒲与书并置，简陋的书房也能嗅出雅致的味道来。山涧小草还原本真，遥想古人情怀，就有了坐拥山重水复的辽远、长空皓月的灵犀"。写在料峭的寒风中盛开的枇杷花，则是一种积极向上的宿命。而鸢尾花是优美、柔弱和不安的，尽管它有飞翔蓝天的愿望，但却更愿意植根泥土，用根茎花做成香水，芬芳人间，让人的内心变得柔和，其功可谓至伟。作者写这些，又何尝不是一种自况呢。而碰碰香一碰之下，就会散发出一种清香，其香味不仅可提神醒脑，还可清热解暑，驱除蚊虫，实在是一种人间妙物。它低调、内敛，人不触碰它的时候，几乎闻不到它的香气。作者由此体悟出，愈是颜色鲜艳的花，愈是缺乏芬芳；人也是一样，越是内在芬芳，越是朴实单纯。尽管我至今还没有见过碰碰花，也不知道它长得是什么样子，但我深信，这种植物是美好的。还有穿着平淡外衣的苦楝树，它从皮到根，从叶到实，都是苦的，但向人诠释着苦练、苦炼的本义。人生只有栉风沐雨，不断修炼自己，才能最终达到自己想要的境界。草木有本心，一枝一叶总关情。彦梅一种一种写来，情感真挚，不急不躁，娓娓道来，把人带入一种种清芬之中，带入一种忘我之境。我也深爱植物，这源于我自小生活在乡下，接触得多。见多了，便熟识了，也便喜欢上了。还有草木很契合我的性情，这也让我喜悦。我也写过一些有关草木的文字，但和彦梅的文章比起来，还是觉得她的文字更柔软、更细腻一些。也许，这和她是女性有关吧。女性对事物的体察、体味往往更细致、更用心一些。

　　这部书稿中还有一组文章让我感动，这就是那些书写亲情的篇章。诸如《初酿酒》《餐桌上的一怀柔绪》《端午印记》《夫子爷爷》《酒说》《军嫂》《莫负人月圆》《我家的年》等。爷爷爱诗，爱棋，爱茶，爱花，爱酒，独不爱笑的形象，令人难忘。在20世纪七八十年代那段物资极度匮乏的岁月里，为了风雅，为了能有一杯酒喝，爷爷竟然自学成才，学会了酿制青杏酒和梅子酒。有了这些酒，冬夜里一家人围炉夜话时，小酌几杯，一点也就不觉得寒冷了。而借着酒兴，一家人诗歌接龙，则显示出一种别样地浪漫。这样浪漫的生活，多年来，一直萦绕在她的心中，挥之不去，以至在爷爷谢世多年后，还令她念念不忘，且效仿爷爷样子，自己酿起了青杏酒和梅子酒。还有端午节时，爷爷用雄黄酒给自家孙子点眉心、耳内、胸口、肚脐、后腰的情景，也让人怦然心动。"雄黄点一点，百毒不侵扰。"这些都尽显出爷爷对孙子的无限爱意。它们皆让我想起了《呼兰河传》中萧红的祖父和《边城》中翠翠的祖父。如今，爷爷去了，这些都没有了，唯有惆怅和思念留在心间。而父亲因为生意忙，常常晚归，母亲总是等父亲啥时回来啥时才吃饭。彼时，自己因为年龄小，不懂母亲的心意，总在心里埋怨母亲固执，直到自己做了人母，有了女儿后，才真正懂得了家的温馨，以及母亲对父亲的那份深情。可惜，父亲此时已去了另一个世界，思之，令人长恸。还有《军嫂》中，三位军嫂的坚韧不拔、吃苦耐劳和独立自主，也让人感动。在平日工作和生活中，她们将万般柔情埋在心底，将家庭重担扛在肩上，不仅撑起军人心中温馨的港湾，还撑起了我们国家的安全和希望。正是有了像她们这样千千万万军嫂的勇于牺牲和无私奉献，我们的国家才更加繁荣昌盛，我们的社会才更加祥和稳定。她们既是我们国家的功臣，也是我们民族脊梁的有机组成部分。王国维在《人间词话》中说："昔人论诗词，有景语、情语之别，不知一切景语，皆情语也。"论诗词如此，而论文又何尝不是如此呢。从这些日常的记述中，我们看到的是张彦梅对已逝亲人的怀念和在世亲人的温情，以及她从东北到商洛，再到西安，一个游子的漂泊和对故土的愁绪。还有，就是一种博大的家国情怀。

读书可以益智，而读书笔记则可显现出作者的洞见。这部书稿中的很多书评，也可看出彦梅对这种题材写作的把控能力和识见。

时为秋日，正值收获季节，拉拉杂杂写下这些，序，实不敢当，权当对张彦梅新书出版的一种祝贺。愿她在未来的写作道路上，越走越远，路愈走愈宽。

2022 年 10 月 6 日于长安见山堂

（高亚平，作家、媒体人、西安晚报文化副刊部主任、西安市作家协会副主席、西安市文艺评论家协会副主席）

序三　诗情岁月才情女

◇ 冯兆龙

我这大半生，没什么爱好，业余时间就爱写点小文章，于是，就结交了不少文友，相互交流写作经验，相互鼓励扶持进步，张彦梅便是这些文友中的一个。

初识张彦梅是在多年前的一次媒体征文比赛颁奖会上。我和她都获得了二等奖，颁奖前我们坐在一起。她个子不高，身材瘦小，不善言辞，内敛文静，给人一种柔弱的感觉。寒暄中，问一句答一句，像个害羞的小姑娘，但脸上却始终洋溢着和善的笑容。在随后的交往中，得知她是 70 年代生人，也是忙里偷闲，利用业余时间写点东西。

后来，在各种文学活动中，我常常能见到她，她总是最不显眼的那一个。坐车时，她往往选择最后一排；聚餐时，她肯定坐在最里面一桌。人多的时候，她喜欢静静地待在不显眼的一侧，听人们高谈阔论。因为沉默，所以往往被人忽视。她不喜欢热闹，却善于思考，也许孤寂的人总是会用心观察这个世界。

前段时间，她给我送来了她的散文集《生命的回声》打印稿，让我偷闲浏览一下，说这本集子所收录的七十余篇文稿大多是近年来在报纸杂志发表过的，看看成色，如若尚可，准备出一本书，让亲朋好友分享。我惊叹于她的成绩，更敬佩于她的努力。我知道她在工作单位是一个财会人员，工作忙事情多，但她还能如此静下心来，游走于文字之间，书写心中的感想，而且成果累累，这说明他对文学是该有多么热爱。

　　写作，其实就是探寻生活真相的过程。她的散文多是现实或生活情感的经历，或山水寄情，或借物抒怀，或生活感悟，无论记事或抒情，都建立在唯美这个基调上。她善于选取普通与熟悉的事物书写，她的文字里，除了故事还有人生。《生活的修补手》里鞋匠师傅"这一针一线缝补的是生活的苍凉和辛酸，也或许是在缝补一段往事，延续一份情感"。《生命中的微光》里摆地摊的老奶奶"将一个人内心的孤苦都化作了面孔上的慈祥"。我既震撼于她纤巧文弱身体里所蕴含的灵秀与坚强，更感动于文章字里行间所注入的心灵感悟与不羁的神思。读她的散文，总会让人有一种如沐春风的感觉，总会看到她对生活乐观地接受。她不是那种哀怨、愁怨或抱怨的写作者，无论经历了什么，她的文字总是温暖、积极和向上的。读之如清风拂面，念之若溪水潺潺，阅读的过程中常常使人忘记文字所讲的内容，而不自觉地徜徉在柔顺的文字里。

　　彦梅的文字情深意长，诚恳真挚。她的散文除了文字本身的表达，更重要的是隐藏在文字背后的厚重与智慧。她在《春野》里写道："人生从来亦非一蹴而就。顺境、逆境，于九曲回肠间铮铮地活下来，方见得蒸蒸气象。"在《冬日花开不唯梅》里，她说："在这人情冷暖的世上，坎坷和逆境，打击和挫折，也可以是一种积极的宿命。"能写出这些文字的人，她的心底一定是善良的。真正能写好散文的人，该是有情的人。"情感"是所有写作者的发动机，散文之于写作者，必是一趟交付情感的旅程。她的心灵要充满着人世间博大的仁爱与悲悯，并用宁静宽容的宅心来看待世界，对笔下的每个人都怀着深挚之情。事实上，散文创作作为个人精神的实现形式，她还借此攀缘到生命的高地，在心灵的星辰照耀下，于苍茫尘埃里开出了属于自己的花朵。

写作是一种修行，写作的过程，就是耐得寂寞的过程，就是勤能补拙的过程，就是让一颗心变得更温和的过程。写作，只为抒发心中的情感，享受写作就是享受生活，享受人生，享受快乐。

追赶太阳的人，永远不会停下前行的脚步，但愿彦梅在今后的写作中有更多的佳作问世。

（冯兆龙，西安市作家协会理事、西安市碑林区作协副主席兼秘书长）

目录

目录

春野

三月初，柳初黄桃未红。许多的树还光秃秃的。城市静静等着春风起千红来。但再往城外走几步，就是另外的光景了。

阳光润染，惠风和畅。绿油油的麦田荡漾滚动，荠菜、蒲公英、飞蓬、知名的不知名的野花野草都在次第茁壮……与城市相比，万物更显得自由无羁，分分秒秒都在复苏。

"城中桃李愁风雨，春在溪头荠菜花。"果真，走进乡野才发现小小的荠菜，有的已经开始抽出花葶，长出细碎的白色小花了。荠菜花的美，在于形态，纤细亭亭；也在于那一颗颗心形的角果。远观细细如雪的小白花蓬蓬勃勃闪烁，像是揉碎的月光洒下的光华。

置身旷野，行在陌上，凝视一路的婆婆纳。顺着田埂上匍匐着延伸，小而圆的叶子密密匝匝，花极小，四瓣，浅蓝色，在翠绿间里闪啊闪，不卑不亢地挺着小脑袋。从小便喜欢它，在我不知道它叫"婆婆纳"之前，我一直叫这种野花为"蓝星星"。天上的星星总是调皮地眨着眼睛遥不可摘，但现在眼前的小星星那么近，当我俯下身子，看见它浅蓝的花瓣上均匀分布着深蓝色的脉状竖纹，花朵中间一小圈是白色的，两根长花蕊像火柴那样顶着两个小黑点，似眨巴的小眼睛，依然觉得我叫它"蓝星星"很贴切。在此之前，我都遗憾于它的花太小而叶子太多太密，让我看不清它的芳容。现在自动对焦的眼睛发现了它的精致、含蓄，我的眼睛和心灵渐渐沁润成一只柔软而膨胀的海绵。野花大都开得低调，但你要是稍微认真端详一下它们，就会发现它们独特的美。

这些小花看得多了，我的视角就越放越低。然后我又发现了车前草，触目皆是。其实它的名字已将它的"传播方式"诠释：碾过的车轮，将车前草的草籽，带向四方。也因此，车前草总让我想起古人驾着车辙，大漠旷野，天高地远；前路迢迢，野风猎猎，渐行渐远，渐行渐远……一种苍茫的美。它的叶如此贴近泥土，你看它的叶片，呈长卵形，每一枚叶片，都厚厚实实，且极有韧性；色泽油亮，有些革质的特性。或许，正是这样的一些特性，才使得车前草耐得各种各样踩躏的遍迹四海天涯。

漫步走着，不时有蒲公英三两朵开着，在阳光下摇曳。飞蓬已经开始拔高。

野豌豆花在绿草丛中风致楚楚。它还有一个清新柔美的名字"薇"。"采薇采薇，薇亦作止。日归日归，岁亦莫止"，这种草本植物，有纤细柔美的茎，对偶的叶子像羽毛一样展开，藤蔓上有一些卷曲的绿色须儿，花小小的，只有一个花瓣，浅浅的紫红色，总状序生，一副羞怯阿娜的样子。野豌豆嫩叶、花也可食。据说伯夷、叔齐耻食周粟，隐居到了首阳山，无以果腹，采薇捣食之。作《采薇歌》，叹道："登彼西山兮，采其薇矣。"苏东坡说过："菜之美者，蜀乡之巢。"陆放翁说："作羹尤美"。千年前就很有名的野菜，今天才名与实对上号。抬目四望旷野，何处采薇，何处望归人？现在采薇者很鲜见了。

"自在花开，花开自在。"眼前这些在《诗经》里面目或清明或朦胧的植物，用自己朴实无华的身影，继续抒发着天地间博大的情怀，使得诗词曲赋薪火相传。虽然已经相隔千年，但似乎因着这层阅读的心路历程，让我觉得这片土地，更为厚重，更为缥缈，更为神秘。

一种静气在体内安营扎寨,胸口似乎有火苗蜿蜒。很喜欢"田野",一个"野"字,涵盖了原野上所有生命韧性自在,随性蓬勃。蛰伏严冬,新芽春暖,谦卑沉潜有这片的生机绵延。时间洪荒,年复一年地绽放新绿,哪怕,只是野草。

想来人生从来亦非一蹴而就,顺境、逆境,于九曲回肠间铮铮地活下来,方见得蒸蒸气象。

挖了荠菜、蒲公英、车前草,提着一篮"春鲜"。其实,荠菜花也是好花材,整株都能用于插花,薅了一束回家插花用。

(原文刊发于 2019 年 3 月 12 日《西安日报》)

菖蒲之风

菖蒲是一种草，却在古人心中占有很重要的地位。

有多重要？且不说年年端午必悬挂于门楣，且不说古人将菖蒲入诗作画，只凭古人将农历四月十四定为菖蒲的生日，农历五月被称为蒲月，就知道菖蒲被喜爱的程度了。

第一次见菖蒲是在朋友书房。还未落座，就被书案上亭亭的盆栽吸引住了：黑黝黝古玉一样的"石养小池盆"沧桑雅致，绿莹莹的蒲草或俊逸或曼妙，蔓延着野逸清气。

不识菖蒲。于我来说，菖蒲的美好只长在诗句里。

"水养灵苗石养根，根苗都在小池盆。青青不老真仙草，别有阳春雨露恩。"这是唐寅咏菖蒲的诗句。

"雁山菖蒲昆山石，陈叟持来慰幽寂。寸根蹙密九节瘦，一拳突兀千金直。"这是陆游的吟咏。

确切地说，说不认识菖蒲也不全对。因为每年的端午，妈妈都会买来和艾草垂于家门，用于防疫辟邪。当时我只觉得菖蒲、艾草就是中草药而已。

可眼前的菖蒲无论与石组景、与苔藓组景，抑或孤植，其俊秀卓然的气韵让我明白它何以与兰、菊、水仙，并称花草四雅。

朋友看我甚是喜欢，陶醉地给我普及：菖蒲有水菖蒲和石菖蒲之分。水菖蒲姿态挺拔，叶片较宽，叶形似剑，民间方士称之为"水剑"，端午悬挂门楣可以"斩千邪"。因为这层驱邪避害的文化含义而使它成了人们过端午时必不可少的一件物品。石菖蒲大都叶片细密短小，四季青碧，适合摆于案头。

我陶醉地听着，欣赏着。"这菖蒲，要么不种，一旦种了就一发不可收，你可以静静坐着端详它们很久，你会耐心地给它们浇水、修剪、培土……总之整日都开心地围着它们转。"朋友边给我的杯中续水边说。

整个下午我们聊着菖蒲，品着陈年普洱，窗外雨敲窗棂，我不禁想，这方寸之间浓缩的古意，其实与数千年前的是一脉相承的，仿若一笔悠长的笔触，沿着时光的轨迹，滋养、安抚着喧嚣的心。今日有菖蒲之癖者日众，大概这清泉蒲石之中，仍有其不变之美、不更之意在吧。

把茶喝成了水的味道，我起身告辞。朋友从盆中分出一撮植于一紫砂盆中送我。从小喜欢花花草草，菖蒲虽未养过，但因送花人的心意与信任，我更是很用心地侍弄。

想养好它，必先懂它。

只要保持湿润，菖蒲也并不难养，紫砂的质地又相宜，很快就绿莹莹地碧草摇曳了。

我常常在看书之余，凝望一眼菖蒲，菖蒲是有"气"的，张听蕉曰"清气出风尘以外，灵机在水石之间"，在我眼中，这句评价最贴合我对菖蒲的感觉。

菖蒲香气很特别，带着山野的气息，略含着一丝特殊的辛辣味儿，闻之神清气爽，蕴含着一种不阿谀的气节。它会令你感到愉悦，可是不会让你晕乎；它会令你神往，可是不会让你慵散。

这种原生于溪涧水石间的多年草本植物，因顽强的生命力和深沉独特的清香，自古就被先民崇拜而称作"仙草"，备受文人宠爱。在郑板桥、八大山人、吴昌硕、齐白石等的画作中，都有菖蒲的身影。连大文豪苏东坡都专门写了一篇《石菖蒲赞并叙》，精准地指出了石菖蒲与菖蒲的不同，还详尽描述了菖蒲的种植方法。

在中国传统文化价值和美学体系里，国人对"清、淡、拙"的东西一直情有独钟。菖蒲生于水中的石头之上，栽培时无须泥土。对于文人墨客来说，菖蒲"耐苦寒、安淡泊"，气韵俊秀卓然，很合自身追求宁静致远的秉性。

一盆菖蒲与书并置，简陋的书房也能嗅出雅致的味道来。山涧小草还原本真，遥想古人情怀，就有了坐拥山重水复的辽远、长空皓月的灵犀。

小盆栽，大野趣。抚之，手有余香；嗅之，神清气爽；观之，风轻云淡。

菖蒲，真有君子之风也。

（原文刊发于 2019 年 6 月 22 日《西安晚报》）

冬日花开不唯梅

枇杷竟然开花了，在这萧瑟的十二月。这是我没想到的。

当我在市委门前的绿化带看到枇杷树繁茂的绿叶间，那羞怯的、徐徐张开的乳白色花瓣，心中就有种脉脉的温柔瞬间漾开。

如果说三四月间的姹紫嫣红带给你的是赏心悦目的惊喜，那么在这寒冬绽放的这簇枇杷花安静下所蕴含的韧性和坚持则让人感动。

伫立花前，我想到了办公桌上的两棵枇杷苗（就在刚刚我离开办公室的时候，才给它浇了水）。那是今年六月吃完枇杷，我随手将两颗枇杷籽埋在剪开的饮料瓶里长出的小苗苗，小苗苗生长缓慢，半年只长出了八九片叶子、四五寸高。

可眼前的枇杷树，与办公桌上那一抹稚嫩的翠绿不同，没有经过人工修剪，随性生长的密密的叶子将树干遮得严严实实，一片挨着一片，相依相偎着，连成一片望不到边的蓬勃绿意。

原来，经冬不凋者不仅仅只有松竹，凌寒独自开者不仅仅只有梅。

养了这么久，今天才有初识庐山真面目的感觉。虽然早知道枇杷是止咳良药，也仅此而已。

古往今来，咏"岁寒三友"者不胜枚举，爱其三者也多而广之。而"梅"是大家公认的"巾帼英雄"，更是诗者、画家的宠儿。我遍搜记忆，虽然眷顾枇杷者寥寥，但唐代诗人胡曾的诗句："万里桥边女校书，枇杷花里闭门居。扫眉才子知多少，管领春风总不如。"却非常应景地浮现出来。

突然明白枇杷花下的薛涛那不可言传的孤独和不可言传下的不

卑不亢，明白了那份繁华褪尽、自绝尘想的孤高。

西风飒飒，行人络绎走过，无人驻足。

我将围巾往脸颊上拉了拉。迎着风向前走去。

回顾这一年，悲喜有之，日子过得颇不平静。眼前的枇杷，无疑令人鼓舞。

坐在办公室里，我细细端详着枇杷，那琵琶形的叶子，深绿色的叶面，黄绿色的叶背，叶面上凹凸清晰的纹路和细长的"绒毛"，像是重新认识它。

枇杷"秋日养蕾，冬天开花，春来结子，夏初成熟"，是"果木中独备四时之气者"。也因此从开花到结果，时间拖得挺长。

《本草纲目》记载："枇杷能润五脏，滋心肺"，也因此市上有各种字号的成药"枇杷膏"之类，将枇杷定为主药。

更有巧妇用枇杷果做成雪梨润肺汤，用枇杷花做成枇杷花糯米粥，用枇杷叶做成桑叶枇杷茶……应对冬季干燥，感冒、咳嗽的爱心妙招。

枇杷果、枇杷叶、枇杷芋、枇杷花、枇杷核、枇杷根、枇杷叶露、枇杷木白皮，皆可入药。

我想这是因为春去秋来，寒暑皆历，默默酝酿，一点点沉淀的结果，也是光阴的馈赠吧。

我的眼前又浮现那乳白色的花，在寒风料峭里摇摇曳曳的，闪烁着星星般的光华。或许，在这人情冷暖的世上，坎坷和逆境，打击和挫折，也可以是一种积极的宿命。

（原文刊发于 2017 年 1 月 18 日《西安日报》）

捧起明天的晨曦

蓝色的鸢尾开花了，就在我窗外的草坪上。

坐在阳台藤椅上，看鸢尾花仰着倔强的脸，羽状的花瓣展翅欲飞，才发现，三月里我跋山涉水拥挤在人山人海里，访桃赏李看樱不过是足的跋涉，并没找到心的归属。

鸢尾，我常常因为这个名字想起纸鸢，想起飞翔。

不是吗？鸢尾三枚花瓣微微向上卷曲，三枚似瓣的萼片以守护者的姿态敞开，每一朵花都站立在叶尖分叉处的茎上，风来时，薄薄的花瓣就像蝴蝶扇动翅膀。

近几年鸢尾很常见，在园林、公园、湖畔，甚至农家院落也有她的芳迹。可是在我三十岁以前是没见过鸢尾花的。但是我与鸢尾，不识其面，却喜欢太久太久。

上中学时，舒婷的诗是我的枕边书。她的诗，幸福之中有盼望，也有泫然欲泣的感伤，这种情绪很符合青春时期的彷徨。尤其喜欢那首《会唱歌的鸢尾花》：

我的忧伤因为你的照耀

升起一圈淡淡的光轮

在你的胸前

我已变成会唱歌的鸢尾花

在一片叮当响的月光下

用你宽宽的手掌

暂时

覆盖我吧

……

诗中鸢尾花优美、柔弱、不安。心情游弋其中，意犹未尽，常常不自觉地想象它楚楚形象。

谈恋爱时，初恋送我一瓶鸢尾香水，清新草般的灵动花香，带着温柔，香味很轻很淡，这朵从诗中走出的花，跳动于肌肤之上，不可捕捉，我独自面对，深知气味，却不知其容。

后来读木心的诗《杰克逊高地》："蓝紫鸢尾花一味梦幻，都相约暗下，暗下……"诗人感动眼前的一切赋予，淡然写下"不知原谅什么，诚觉世事尽可原谅"。多姿的意象代替了作者自我洗涤，轻巧地带人遁入一种境界。这一刻呼吸变慢了，静止了。一切变得柔和温暖。

真正认识鸢尾花是在城市运动公园。那是十年前的一天傍晚，我带着孩子在公园散步，看见在临湖的水边，明丽的蓝紫氤氲映着波光潋滟如梦似幻。我被吸引走近，看见小牌子上写着：鸢尾。熟悉的名字，怦然心动，我蹲下来细细端详，余晖下的鸢尾，花瓣单薄，薄如紫纱，在淡淡的霞光里，有了童话的色彩。我伸出手用掌心托着花瓣凝望着，似乎凝望着躺在手心里的旧梦。我与鸢尾花，到底是初见还是重逢？

与桃李无言下自成蹊不同，来来往往的人并没有谁停下驻足。

我目送着从身边走过的娉婷女子，淡淡的香味缱绻，她可知道，眼前的鸢尾是香水中最珍贵的成分之一？

其实用来制作香水的是鸢尾花的根。将采下来的根浸在水里两年，再晾干磨成粉末后做成一种呈现透明、轻软的鸢尾花脂。这就是作为香水里鸢尾花的香气原料。从采摘到花脂这个过程得耗时三年。鸢尾花脂，香味很淡，但它与其他香气混合后，就能创造一股"轻盈"的灵动感，其他花香原料是难以比拟的。鸢尾花脂价格不菲，一磅价值逼近五万美元。

鸢尾的根茎不仅可以做香水，还可以做精油、护肤品。鸢尾根茎还是一味中药（鸢头），具有消积、破瘀、行水、解毒等功效。

鸢尾花，平时脉脉，并无堂皇的富丽，但当它变成香水，与你触动时，它的芳香会让你内心不由自主地柔和委婉。当它变成一味中药，就又成了守护人类身体健康的卫士。

我掌心里的花瓣就像翅膀，它幻想蓝天，渴望飞翔。但花瓣终究变不成翅膀，那么就安心下来沉淀，酝酿在厚土里。有位作家说，最美好的人生途径就是创造价值。人生或许就是这样，一半现实一半理想，才能谦卑地沉潜。

我坐下，在这一大丛鸢尾花前，眼前平静的紫蓝衬着素花碧叶，那抹蓝海一般的静默，天一样的宁静。

从那以后，我还多次见过黄的、白的鸢尾……每一次的凝视，都是温暖和鼓励。

天又要黑了。

鸢尾花，就用你的色彩，捧起明天的晨曦吧。

（原文刊发于 2017 年 9 月 6 日《西安晚报》）

五月榴花照眼明

风扬唢呐，碧绿迎迓。微风中那一树榴花像铃铛，更似吹奏中的唢呐，每一朵都燃烧着火热的激情，喷薄而出。在碧叶间闪闪烁烁、明明艳艳。

谁说人间四月芳菲尽？

每年的五月，西安城内外嫣红似火的石榴花便如约跃上枝头，夺人眼目。城市庭院，乡野村居，石榴精巧细致的花朵远远望去，像是一颗颗绿色丝绒毯上镶着的一颗颗璀璨宝石。诗人杜牧曾这样赞颂石榴花的艳红："一朵佳人玉钗上，只疑烧却翠云鬟。"郭沫若也在散文《石榴》里盛赞石榴为夏季的心脏，他这样描写石榴：它逐渐翻红，逐渐从顶端整裂为四瓣，任你用怎样犀利的劈刀也都劈不出那样的匀称，可是谁用红玛瑙琢成了那样多的花瓶儿，而且还精巧地插上了花？

石榴花很有特点，硬质如蜡的花萼像一个倒挂的铃铛，底椭圆头小，小巧精致，花蕾顶端慢慢裂开，薄薄软软的花瓣打着细微的褶轻轻展开，似帛衣纱裙的裙摆，姿态隽妙小巧。骄阳下，火红的颜色如天边升起希望的晨曦朝霞。

古往今来，咏石榴的人很多。欧阳修就写道，"翠树芳条飐，的的裙腰初染"；陈师道写道，"枝枝叶叶绿暗，重重密密红滋"。石榴何以如此吸引众人的眼球？

石榴，又称安石榴。属于石榴科的落叶灌木。原产于伊朗、阿富汗等中亚地区，喜温暖向阳的环境，耐旱、耐寒，也耐瘠薄。石榴树姿态优美，古朴苍劲，常在夏季开花，花瓣多呈火红色。秋季结果，果近圆球形，花萼宿存，色橙红、黄白浑染，布着红晕，并有青翠光泽，如玉琢脂凝。石榴籽粒晶莹剔透，圆润欲流。

说起石榴，那可真是丝路芬芳，香飘五洲。《博物志》中写道："汉张骞出使西域，得涂林安石国榴种以归。"所以长安种植石榴始于汉。

两千多年前，汉朝张骞由西域将石榴带回中国时，汉武帝就下令遍植长安城。据史书记载，当时石榴作为珍树奇果，被栽植在首都长安御花园的上林苑和离宫骊山温泉宫，专为帝王享用。东汉魏晋时期，石榴的种植以河南最盛，而都城洛阳是石榴种植的中心。这一时期，石榴由皇家宫苑开始进入士人阶层乃至普通民众的生活，并开始形成本土化的优良品种。隋唐时期，石榴风靡长安，石榴栽培在唐代最盛，相传唐玄宗执政时期，杨贵妃酷爱石榴花，喜欢穿石榴裙，爱吃石榴果，于是唐玄宗便下旨，在华清池、西绣岭、老母殿周围遍栽石榴树，出现了长安"榴花遍近郊，城垣栽石榴"的盛景。

在西安临潼的华清宫环园荷花池边，有一棵距今上千年的石榴树，据说是唐玄宗和杨贵妃亲手栽种的。而这棵由唐玄宗和杨贵妃栽植的石榴树还有一个好听的名字叫"一捻红"。

"拜倒石榴裙下"的典故无人不晓，而"一捻红"却鲜为人知。

当年唐玄宗李隆基和贵妃杨玉环在游玩华清宫时，看到华清宫里栽植了许多石榴树，花繁叶茂，于是唐玄宗李隆基和贵妃杨玉环也栽植了一棵石榴树，并且每年游玩华清宫的时候，都要亲自看看他们栽的石榴树的长势情况。有一次当时他们在欣赏这棵石榴树的时候，唐玄宗就摘了一片石榴花瓣，在手上一捻，印在了杨玉环的脸上，于是这个石榴树就有了这样一片诗意的名字。

石榴可观叶、可赏花、可品果。栽培容易，深受我国人民喜爱。国人向来喜欢红色，满枝的石榴花象征中国人希望的那种繁荣美好、红红火火、多子多福的幸福生活，所以很多国人都喜欢在自家庭院里种植一两棵石榴，以祈求生活如石榴花般红红火火。

我想这也是石榴花作为西安的市花的原因吧。谁的内心不对美好的生活抱有憧憬呢？

凝望石榴花想起这些历史故事，吟诵的诗词，如同翻开一本内蕴悠长的古书。

石榴不语，却早已打动人心。

（原文刊发于 2018 年 5 月 5 日《西安日报》）

一触留香

我的书桌上，有一盆碰碰香，我总是在看书的间隙，用手指轻触它的叶子，让那清凉的略带苹果和薄荷混合的香味弥漫，若有若无之间，香气隐隐，这一抹苹果味儿的清凉，牵引着心灵的求索，安静地行走在字里行间。

初次邂逅碰碰香是在母亲家。天气炎热，我一进门就喊头晕，母亲说，我给你泡一杯碰碰香茶吧，说完她转身去了阳台，掐了一抹嫩绿洗净放进玻璃杯中，滚水冲下，一股清香随热气盈杯而出，少顷我端起杯子一口气喝完，顿觉清凉微麻的感觉从喉咙贯穿整个身体，像是下了一场清雨。说实话，这水的味道接近薄荷。

母亲捧过来一盆花，并像孩子一样鼓动我，"你用手指头碰碰试试"，这盆花第一眼看，除了叶片有一层淡淡绒毛，形态有点可爱略萌之外再无特别之处。然而，才有清芬便不同，当我伸出手指触碰它绒绒的叶片，一股苹果、薄荷的香味扑鼻而来，空气中，手指上都是一片清香，让人有种神清气爽的舒适，我不禁刮目相看了。

真是神奇！我赶紧搜了一下碰碰香资料：碰碰香原产非洲好望角，为亚灌木状草本植物，叶片有细密的白色绒毛。碰碰香能散发香味的原因和含羞草"害羞"的原理类似，当它的叶片受到触碰的刺激时，细胞内的水分会发生作用，使叶枕的膨压发生变化。但与含羞草不同的是，碰碰香的叶片在膨压作用下不会收缩，而是内部用于透气的气孔扩张，一种易于挥发的带有苹果香味的物质就顺着气孔扩散到空气中了。因此我们在触碰它的时候，就会闻到浓郁的香味。

中午，母亲又用碰碰香做了江团鱼，筷子伸出加一块在汤汁上轻轻蘸了，送进嘴里，隐隐的薄荷的味道更使入口的鱼肉鲜香细嫩，回味绵长。

临走时母亲给我挖了几株带回来，并说，这花插到土里就能活。看那叶片蔫巴低垂，茎枝东倒西歪，仿佛下一刻就能死去，我望着插在花盆里的碰碰香，心疼着、担心着。没想到一晚上过去，它就挺直了腰身，才一个来月，就郁郁葱葱了。

碰碰香，不仅它的香味可以提神醒脑，清热解暑，驱避蚊虫，叶片还可泡酒煲汤。用鲜叶打汁加蜜生食还可缓解喉咙肿痛，煮成茶饮缓解肠胃胀气。现在我除了用碰碰香泡水、做鱼之外，我也会用来煎牛排、炒鸡蛋。

闲暇时，我总是会不由自主地用手指碰碰它，闻着这股清香，感叹它的矜持。与许多赏心悦目的花比起来它是那么低调、朴实，你不去触碰它的时候，几乎闻不到它的气味，只有你和它"互动"的时候，它才会回馈一种不媚不妖的清气。林清玄在《你心柔软，却有力量》中说，几乎所有的白花都很香，愈是颜色鲜艳的花，愈是缺乏芬芳，人也是一样，愈是内在芬芳，越是朴实单纯。我望着碰碰香平凡的绿叶，嗅着怡人的清香，我想这一触才香是否就是它自在的本意？在这个喧嚣的世界，不取悦是不是才是最大的自在？以精神气质吸引懂得的人，形成一种的"互动"，是不是才是一种最轻松、愉悦的关系？

骄阳似火，盛夏绵长。一杯碰碰香的水润泽鲜活，清凉在体内绵绵释放。不曾倾城，却有翼翼诚心。亦如它的花语：幸福、吉祥如意、乐观、有爱心。

（原文刊发于 2018 年 8 月 13 日《西安日报》）

苦楝树

满树淡黄的楝豆静静地迎着冬阳的细腻柔华，很有几分浪漫意趣。即使每天在单位餐厅吃饭时抬头即见，我依然带着欣赏的眼神凝望着。窗外一墙之隔的人行道上，苦楝树打开伞状的枝丫，恰好探到餐厅北面的窗户。

春天，老枝托着刚抽出的新芽，小心翼翼捧出一抹新绿。等椭圆形的树叶迅速地铺展开来，苦楝花才羞怯出场。花儿碎小，浅紫，开着喇叭口，灿若星斗地笼罩在苦楝树的树梢，清新可人。当夏天奉上的一窗葱郁在秋阳里飞舞，半青半黄的楝豆宿存枝头，静候冬的到来。窗户充当的画框，把四季近距离地在眼前呈现。一岁一枯荣之间，生命的年轮就这么悄然翻过去了。

古人笔下不乏赞美苦楝的诗词，现在终于识其庐山面目，零距离感受它的美好。于是常乐于怀，于是忍不住履足树下，如赴老友之约。

吃完饭和同事在餐厅一墙之隔的人行道上散步，是多年的习惯了。人行道不是主干道，这排高大的苦楝树撑起长廊就有了几分清幽。

"楝花飘砌，簌簌清香细"。走在树下，每每带了迷蒙的浪漫心怀。春天，于叶拂花动间，体味它的湿润与清新，探寻它的美好与诗意。席慕蓉这样描绘苦楝："他开了一树丰美又柔和的花簇，粉紫的花簇在灰绿的叶丛之上，你几乎不能相信，一棵苦楝能够开得这样疯狂而同时又这样温柔。"风，暖暖的，微微的苦香令人心情轻扬，心生温柔。古人喜用楝花制作熏香，大抵也是因其香气起到了宁神的作用。

棟花一地，枝叶间便长出青青的小果实，夏天也就到了。《花镜》说："江南有二十四番花信风，梅花为首，棟花为终。"苦棟树的枝丫也愈加稠密，烈日烤热的夏风，经过苦棟树的过滤，吹到身上已变得温柔凉爽多了。

深秋，一夜寒霜，树叶纷纷落下，树干暗褐、纵裂。天清地瘦，我在树下慢慢走着，竟有种履步岁月的苍茫。当只剩棟豆一簇一簇挂在枝头，在冬阳淡淡的光彩里，与树干、枝杪都氤氲了一层淡黄，极温暖，极柔和，极雅致，才明白"朴素而天下莫能与之争美"。

几年来，我在这条路上来来回回走着，应纳四季。从陌生到懂得，于是常感于心。

世间最为珍贵之物，常常穿着至为寻常平淡的外衣。《中国树木志》上说，苦棟的材质优良，耐腐朽，抗虫蛀，是做家具、建筑、农具、舟车、乐器等的优良用材。苦棟树对二氧化硫有很强的抗性，也是一种很好的园林树种。

苦棟药用价值也不容小觑。《本草纲目》上说，棟有理气止痛、驱虫疗癣之效。最为有用的当说苦棟子，如果要治心腹痛及疝气，大多离不开苦棟子这一味药。不仅如此，苦棟子更有难得的驱虫妙用。现在，从棟果中萃取、提炼的棟素乳油制成的生物农药，可有效防治四百多种害虫，以及部分细菌、真菌和病毒。

在欧美，棟树被誉为"健康及其赐予者之树"。国内外一些爱棟人士，更是不吝夸奖之辞，将棟树视为"解决全球问题之树""人类希望之树"。我知道，天有常形，物有常生，只是少有常喜常欢。从古至今，苦楝树却用它的朴实低调，回馈着最大的善意，走进文学里，走进寻常百姓的生活。

苦楝树从皮到根，从叶到实，未曾不是苦的。苦楝，虽有"苦恋"之意，但更多地诠释"苦练、苦炼"的生活本意。自然法则本是如此，在天地间，众生皆是风霜客，活着的过程，不就是一个栉风沐雨的修炼过程吗？

（原文刊发于 2021 年 2 月 5 日《现代快报》）

初酿酒

古人对草木蔬果常常爱得痴，入画成文，熔香酿酒。声色味百般好处，浓缩成一词：风雅有趣。

在我看来，诗文画作风雅，酿酒就是风雅加上有趣了。

春天当小区院外的几棵杏树花谢花飞时，我从未想到这些树会结果子。今年的五月多雨，也就不曾留意，等突然发现那衔了杏花的翠枝结出青色的果，繁繁密密地亮出剔透的光，口中的津液不觉已经泛滥。

突然就想酿青杏酒，于是小心地采摘，因为随身的背包很小，我只能兜起衬衣下摆。当我做着这些的时候，我觉得我正在一点一点接近记忆中飘过的酒香。

爷爷也会酿酒，比如青杏酒、李子酒。

青杏，顾名思义，就是还没有成熟的杏子，颜色泛青，尝一口很酸，有点苦，有点涩。但这个时刻的杏子最适合酿酒。

杏是初夏常见的水果。还在整体青硬的时候，爷爷就会摘来洗净与白酒一起密封在一个玻璃瓶里，放置阴凉处。两个月左右，一杯清凉的青杏酒就做好了。

物资匮乏的年代，一杯淡黄的青杏酒，就是一杯绝佳的饮料。喝酒的确是件趣事，几碟小菜，一壶小酒，母亲往桌上一摆，孩子们就乐不可支了。酒，平时不让喝，除了特殊的日子或者积食的时候。小时脾胃不好，经常积食。母亲的手在我的肚子上来回揉着，"小肚这么硬，这么凉，来喝杯青杏酒！"我小口喝着，微辣酸甜的青杏酒一入肚就像一股小火苗，在我的胸腹之间，有光和热的轻微压力，有股轻轻的浮力沿着我的血管上升，肚子真的不那么冷痛，我在母亲的臂弯中呼呼地睡着了。

秋天是李子成熟的季节，爷爷又开始酿李子酒了，工序和酿青杏酒基本一样。两种酒都有助消化的功效。不同的是，酿好的李子酒果香缭绕，酒体泛着琥珀之光。喝一口，酸爽的感觉在嘴里悠悠荡荡，比青杏酒更回味绵长。两种酒一比，就显得青杏酒略显青涩了。

喜欢易安，每次想到她的那句："三杯两盏淡酒，"我常常想，陪着她消万种愁，千般恨的是类似眼前的青杏酒吗？

天气渐冷，李子酒也酿好了。冬日里一家人围炉夜话时，打开一瓶香浓的李子酒，周身温煦，这样的隆冬一点也不寒。

酒味迎人，心情就不免走过一场唐诗宋词。举起酒杯，哥哥说："且将新火试新茶，诗酒趁年华"，姐姐豪气淋漓地接上："带到重阳节，还来就菊花"，而我也不甘示弱："东篱把酒黄昏后，沉醉不知归路"……我们开心地玩着诗歌接龙。

小酌怡情，这是喝酒的妙处。爷爷、父母从没喝到"浓睡不消残酒"的状态。于我们来说，喝酒无疑是给寡淡的日子添了一些情致意趣。一家人守着清贫岁月，坦然迎接寒暑易节。所以我至今固执地认为：没有诗意的酒饮，味道会少一个层次。

我认真地用盐搓洗刚摘来的青杏，用淡淡的面粉水浸泡，冲净晾干。我学着爷爷的样子一层青杏一层冰糖码放到一个大的玻璃瓶中，倒入白酒淹没青杏，封好瓶口，放到餐边柜上。隔几天我就摇晃几下瓶身。

青杏静静地待在玻璃瓶中，我期盼着它的幻化。它从天高云淡、阳光温柔的地方而来，带着安然和惬意，它也带着我曾经的记忆、浓浓的亲情在这个瓶中，一起酝酿。

我总觉得这是一个静默而诗意的过程。看似不动声色，却在封存中，彼此地相容，将所有的青涩都被打磨去，在启封的那一刻拉开宏大的序言，开启舌尖的况味，一段柔软缠绵的人世光阴。这是酿酒的神奇与乐趣。

它让我想到，乡野、温厚的土地，还有智慧的子民将自然的馈赠诗意地享用。它也让我想到，在古人的唯美和现代人的高速之间的确需要一种介质在物质和精神的两极保持平衡，比如读书绘画，比如养花种草，也比如小酿酒……

（原文刊发于 2019 年 6 月 4 日《西安日报》）

浐灞絮语

归莺语悦报春暖，灞柳疏疏烟雨时。

故土故地，这里的山水风光让我陌生又熟悉。立于岸边，想起童年，爷爷一路上吟诵诗词牵我上学放学，我们经常扶着桥上的栏杆凝眸远眺，看涓涓流水，听细风沙沙。想起爷爷写的诗句："浅水平沙落日遥"，芦苇静静地温柔地摇落秋霞的画面，早已叩开了记忆的心扉。即使时代在变，河流也在变。即使今天的灞水以另一种别样的气度呈现在眼前，我想，河畔的垂柳依然能凝望见昨日的欢乐旧影。

水势荡荡、绿意勃发，水鸟振翅飞翔，所有的生命尽情绽放，与记忆中的"小水小绿"相比，今日之灞水更符合"灞"字的意象。

灞水古称滋水，春秋时秦穆公因显耀其霸业，改名"灞水"。发源于秦岭蓝田的灞水，蜿蜒于白鹿塬底，顺势北下接纳浐水再归入渭水。

我想，西安倚靠秦岭这样一个风情万种的山脉，八水绕城抑或天赐美意。

河水汩汩，悠悠、漾漾、波澜不惊。碧波荡漾处，竹影廊桥，高低错落，野鸭缓缓游弋。岸边，迎着日光生长的草木，吐露着初春嫩绿的清香。

坐在木椅上，看着美丽的蝴蝶拜访脚旁紫色的花，流连几秒又轻扇翅膀飞向一丛嫣红。目极处，一个垂钓的侧影于万顷波中，专注在与世隔绝的世界里。

眼前，水无涯，绿无边。我甚至怀疑曾经垃圾围河真的存在过了。

河面无舟，心底却有漕船穿梭，耳旁有数万民夫挖渠的号子，漕船剪浪的水声，这是不由自主的。脚下是广运潭，隋唐时期长安的漕运码头。我看不见古码头遗迹，却因为"广运潭"这三个字，牵出长安漕运盛景。作为人工工程，漕运是伟大的。漕运，古代运送粮食、物资的水道。

"漕运"始启于汉朝。为了应对急剧增加的京城人口，以及对漠北匈奴用兵，汉武帝开凿了一条引渭水，流经城北，直抵潼关的漕渠，使原来由潼关至长安的九百里渭河弯曲河道缩短到三百余里，漕运能力大大提高，保障了京都的粮食和财物的供给，也使渠下农田得到灌溉。

漕渠沿用到唐朝时已经淤塞。为了解决粮食运输问题，唐玄宗重开"漕渠"。《旧唐书》："于长安城东九里长乐坡下、浐水之上架苑墙，东西有望春楼，楼下穿广运潭以通舟楫"，史称"广运潭"。"广运潭"这个名字是当朝皇帝李隆基起的。"广"字出自隋代"广通渠"，体现着这段漕渠的历史传承；"运"是唐明皇期望漕渠建成给王朝带来好运气。

为庆祝广运潭的开筑成功，竣工那天，唐玄宗在众臣的陪伴下登临望春楼。头戴大斗笠，身穿宽袖衫，脚着芒鞋船夫，驾着300只小斛底船，置于潭侧，一路延伸出去，绵延数里，每只船上都挂上写着各州郡名的字牌，船上除装上各州郡所产的稻米之外，还装着该郡出产的最著名物产……庆典一直从中午持续到入夜。京城里的男男女女、老老少少倾城而出，云集广运潭，观庆典，看焰火……

广运潭开成，一年漕运粮食由一百二十万石增加到四百万石，最高达七百万石。漕运的改革让关中大富，玄宗后期始，政府就已长驻长安，也不再在洛阳、长安两都之间奔波。毋庸置疑，漕运是历代维系中央政权不可或缺的保障。然而一场"安史之乱"，唐王朝由盛而衰，当漕路被完全断绝时，强极一时的王朝轰然倒下。唐灭亡后，都城东迁。广运潭也由此就一直黯然到千年后的21世纪，直到当代浐灞生态区成立。种草植树，修堤制坝，整流固源。

湖中有岛、岛洲相连、洲内有潭、积潭成渊……今天的河道早已不复有交通运输的功能，却以大绿大水的姿态还给了我们一个生态家园。漫步在世博园里，我远远地凝望着"送你一个长安"取景框绿雕，透过由左右手的大拇指和食指翻转交错，构成中间空心取景框望过去，现代感的长安塔临水而立，缱绻着悠悠古风。

秦砖汉瓦、诗词歌赋、飞天舞袖、丝绸之路……宗教、历史、文化，又是不可拒绝地在心头上演了一场春夏秋冬。一阵风起，细波微澜。拍照的人们与风情建筑、绿雕被夕阳一起镀上了金边。水与灯光相得益彰，当有灯光打在水面，就是满眼收不尽的璀璨。

此刻，这一方云天美得一点也不含蓄，带着妩媚的风情万种。开车离去时，无人折柳送别。可分明感觉在急速地后退到暗影里，有依依惜别的情绪。

驰上广运桥，再看一眼，这水色浩渺无边。

这条陪着我走过童年的河流，昨天，见证了长安城数不尽的繁华兴盛，落寞沧桑。明天，还将生生不息迎接着未来……

（原文刊发于2016年12月7日《教师报》）

春窗

因为身体的原因，要在家足不出户地休息两周。在妈妈的监督下，头五天里，除了卧床，还不能看书不能看手机，说是伤眼。我觉得我像生活在一个孤岛。躺在床上，透过落地窗这个取景框，很羡慕云的自由自在。

我只有从卧房、女儿房间、南北阳台凝望外面。此刻，樱花、玉兰、草坪、蓝天、阳光都在肆意铺展春的绚丽。

放眼何处不春风！我在自己的小天地里凝望着……我庆幸有窗让我可以打探世界。临窗的心情是奇妙的。太阳是窗外主要的风景线。

天碧如海。我就想到了天朗气清的成都浣花溪旁，轻吟着"窗含西岭千秋雪，门泊东吴万里船"的杜甫闲坐在草堂里，门窗俱开欣赏外界的景物，胸襟是超然物外广博。

日暮时分便是"转朱阁，低绮户，照无眠"的恻恻；便是"小轩窗，正梳妆，相顾无言惟有泪千行"的哽咽；也便是，在一起时有那么多的话要聊，将烛芯修剪，夜深不寐的"何当共剪西窗烛，却话巴山夜雨时"的深情绵邈。我想有一个人能让我们随时随地地倾诉，我们也会推心置腹地倾听，如若有这么一个爱人，便是最幸福的事情了。此刻，窗前的楼，也次第亮起了灯，橘色的光闪耀出令人踏实的温暖，等待归家的人。

我在窗前，像小时孩子收集糖纸一点一点捡拾，"窗"，古往今来留在时光的剪影，蒙着诗意，云影徘徊。

把"窗"字拆解（穴、囱）。《说文解字》中说："囱，在墙曰牖，在屋曰囱。象形。"远古先民的穴居之口开在屋顶，既是门，又是窗，所以甲骨文的"窗"为原始形态"洞口"（囱）的直观白描。后来，"窗"字才变为由"穴"和"囱"两部分组成的字形。

咱们的祖先基本上是走哪儿躺哪儿，以天为被以地为床，是不是偶然一次在一个天然岩洞里，透过洞口看到满天的星星，发现黑夜不那么黑暗，早上又能迎来暖暖阳光，才有了房屋？

这是我看到"窗"字拆解后的突然跳出的想法。但不管怎样，在历史的发展中，窗的确承载着实用性与诗意感。

窗也承载着希望。

有一个真实的故事。讲的是二战之后，一群专家发现了一件白色衬衣，衬衣上用血斑斑点点地写了一首清晨在窗外散步的诗。于是专家们开始查找带有窗户的牢房。他们认为，写这首诗的人所住的牢房一定有一扇窗子，窗外有美丽的风景。可是当他们一一排查了所有的狱房，却没有任何一间牢房带着窗户，仅有一间在墙壁上用血画了一扇窗户，那扇窗户就像真的一样向外敞开着。

你说，谁能禁锢一颗热爱生活的心呢？

这几天，我都站在南阳台迎接女儿放学，远远地，我就看见女儿一路小跑，推门进来第一句话就是："妈，我就知道你在等我。"

此刻，妈妈出去买菜了，我一个人站在自己的小天地里，从窗外看出去，时间在飞，人在动……这幅画是永恒的，并时时更新着。

电话铃响，是快递小哥打来。文友刘欢邮寄给我的诗集《遥远的莲》到了，呵！我又将打开一扇窗……

（原文刊发于 2016 年 5 月 27 日《榆林日报》）

爱莲说，爱廉说

秦岭静默如佛，残荷清骨淡定。

独步于秦岭脚下清水头的千亩荷塘柳岸，瞥见湖中的荷，枯梗高高地耸立着，我心中的一根弦被拨动了一下，我惊讶于一湖枯荷一枝枝独自挺立于半卷的荷叶间，自守一份孤高清远。看上去它的一切都变了，事实上它什么都没有变，它与从前夏日时的清姿素容一样：不蔓不枝，亭亭净直。

古代文人喜欢借草木抒发心志，从一花一叶中，体悟世间万象。"出淤泥而不染，濯清涟而不妖"，这篇周敦颐的《爱莲说》是初中时的课文，我记得老师在讲这篇课文时语重心长地对我们说："背诵这篇文章，目的就是要你们做君子，在任何恶劣环境中都要洁身自好，堂堂正正地做人。"并延伸讲了杨震却金的故事，强调自修在人生中的重要性。那时年龄尚小，理解得不够深刻。只是此刻，于凉风处眺望这荷塘，走过了人生风雨，抵御了一些诱惑，才理解了"莲"高格独立的君子之风，才明白周围的诱惑都在考验你的"坚守自律"，才明白独善其身的不易。

我不禁想起一位爱莲之人。他不仅是集团董事长，还是全国十大杰出青年，现在却因贪污受贿锒铛入狱了。每次整理书柜，看到他写的书，心中总是感慨万千。

我是一名财务工作者，深知"廉洁"这两个字的分量。

有一位会计大姐因为挪用公款入狱，她比我年长几岁，因为业务关系，我们相处甚好。那天去监狱探视她时，才知道爱人和她离了婚，以前要好的朋友也断绝了来往，亲人也不待见。她后悔地对我说，"你还小，以后工作中可要抵制住诱惑呀"。

我在荷塘边久久徘徊着，不知道他们是怎样走到这一步的，但我相信，他们走向错误的第一步，一定是他们思想上对诱惑放松警惕之时。

有时挺烦单位会多，工作流程烦琐，但是现在想想，思想的确需要长涤长清，行为的确需要一些规章制度约束。尤其是身边发生了一些贪而忘廉的事件之后。

最近集团围绕强化企业廉洁文化建设，又提出一些建议，优化组织架构，修订资金管理办法，强调审计（内审岗）作为公司监督机制的重点环节，要充分发挥好审计监督职能，以高质量的审计工作推动公司高质量建设清廉国企，践行国企担当。我从来不认为这种会议是一种形式，如果你入心的话，就会心有所畏、言有所戒、行有所止。

其实，自然也是最好的老师，造物主总是在这些植物身上留下暗示与启迪。就像莲出淤泥而不染，现代植物学家发现它"不染的"的秘密，是因为荷叶表面上覆盖着一层极薄的"蜡晶体"，污物离子在这里根本待不住，风吹叶动，就把尘埃抖下去了。"莲的自洁"功能，让它获得了"花之君子"的美誉。我凝望着这片荷塘，以禅的风致，亦刚亦柔，透着洗练的纯净质朴。这多像经历人生风雨后的我们，坚定、淡然与超脱。曾国藩说："自修之道，莫难于养心；养心之难，又在慎独。"

莲因洁而尊，人因廉而正。二十多年后，当我徜徉在这片荷塘，再次品味着《爱莲说》，感动着其中的志节。国人爱莲，大概是因为莲最能代表一种理想人格、清廉自守的精神境界，也因此，在我国古代的浩繁的史书典册中，清廉始终被奉为立身的律条和处事准则。

修炼内在的定力，树立廉洁意识，是我们自我道德修养的必修课。因为我们，从来不是单独的个体，我们上有老下有小，是依靠也是榜样。廉洁的是我，幸福的是家。

想要自在生活，活出自己想要的人生，就要始终保持自己的清廉自觉。待到暮年回首时，也会骄傲地对自己说——你变了，也没变！

（原文荣获 2023 年陕西省"党规党纪伴我行"征文三等奖）

大明宫遐思

知道大明宫，缘于一部电视剧《大明宫词》（以前只认为是个地名）。有次坐车路过大明宫，还未到站时，我就怀着期待的心情，想"大明宫"现在是怎样的？车已经开过去好远好远了，留在我脑海的只是街道两旁林立的家居店，根本找不着一点古建筑的影子，只有一张陈红的巨幅照片（照片上的陈红还是《大明宫词》里太平公主的打扮，回眸浅笑着），与周围的一切是那么格格不入，我甚至觉得有点滑稽，但更多的是失望。

家里买了新房，装修自然在大明宫建材市场买东西。一天，刮着北风，我和家人一起买地砖和卫生间的瓷片。偌大的一个市场，为了货比三家，我们一家一家地看，可我的心思并没有全在挑东西上。望望四周，想找一点历史的影子，心里不断地感叹，曾经的繁华在哪里？我想侧耳听听是否还有琴瑟丝竹的余音，我想嗅嗅是否还有酒肆茶馆的余香……

"长安大道连狭斜，青牛白马七香车。玉辇纵横过主第，金鞭络绎向侯家。龙衔宝盖承朝日，凤吐流苏带晚霞……片片行云着蝉翼，纤纤初月上鸦黄。鸦黄粉白车中出，含娇含态情非一。"当年上卢照邻《长安古意》这节课的时候，大唐就给了我无尽的遐想，在封建社会中，唐代是繁荣昌盛的，相对于其他的封建王朝，唐朝也是比较自由和开放的，美丽的唐装就是最好的证明（除唐朝外封建社会的女性大都裹得严严实实）。女性可离婚再嫁，而不以为耻，我想生在唐代的女性还是比较幸运的吧！

定居北郊后，每天上下班，坐在车上，自强路两侧的民居，狭小的街道，都让我唏嘘不已，"九天阊阖开宫殿，万国衣冠拜冕旒"。我经常会不由自主地想起千年前的大唐，千年前的大明宫：大明宫，多少文人墨客向往的地方。望望窗外，杜甫是否就在此苦苦等待过呢？（杜甫为了实现"致君尧舜上，再使风俗淳"的理想来京应试，由于权相李林甫的作祟而落第，他怀着出仕从政的迫切愿望，在长安等了十年。）浪漫豪放的李白是怀着怎样痛苦矛盾的心情离开长安的，史上唯一的女皇怎样用她的纤纤玉手翻云覆雨……这种遐想让我很快乐！

现在要建大明宫遗址公园了，我真希望建一个仿唐风格（宫殿、亭台楼阁、小桥流水、花卉主要是牡丹花）的复古公园，公园里面有唐代时兴的蹴鞠、打马球等游乐项目，最好提供唐装（有偿提供也可），公园里还要有酒肆茶馆（工作人员最好着唐装）、乐坊（宫廷歌舞、古乐演奏）、诗社（为游人讲解著名的唐诗、唐朝历史人文等，旨在传播传统文化，游人也可即兴作诗，诗社内备有收集箱柜之类，年度终了了可评奖，每年度只评选一首最优秀的诗悬挂于诗社内）、书画社（书法、绘画游人自由参与创作，年度评奖）、丰腴婀娜的唐朝女子（着唐装的礼仪小姐）、香木制成的唐代马车（可做游览车）……哈哈，我又在做梦了。但不管将来遗址公园怎样建，我相信大明宫遗址公园都会成为举世瞩目的焦点！我将拭目以待，因为这是我做梦都期待的地方！

（原文刊发于 2008 年 7 月 27 日《西安晚报》）

餐桌上的一怀柔绪

虽然冬天已经过去，但初春微寒，突然想在这个冷意未去的天气里，来份开水白菜，拌个时蔬沙拉，炖盅奶油蘑菇汤，配一锅排骨煲仔饭，再佐以一杯温润的普洱，和料峭春风对饮可有另一番意趣？

一锅完美的煲仔饭，首先要有完美的食材。米，要用丝苗香米，取其坚实细密晶莹，容易吸油吸汁；肉，要羊肋排或猪肋排；菜，要碧绿的油菜，再搭上冬菇耗油。材料准备齐全，在慢条斯理的操作过程中，香气逐渐浓郁，在厨房氤氲了一层白雾。我的心情也蕴满温情。

民以食为天，谁都离不开吃。信息时代，各种美食文化活动、各种美食推荐，朋友圈晒得最多也是各种美食。尽管如此，我还是对自家的饭菜情有独钟。如果不是非不得已，我一般不会点外卖。

周一到周五家长上班、孩子上学，独有周末在烟火缭绕的厨房里，一顿亲手做的饭菜可以让人在疲惫的生活里小小振奋一下，在餐桌更迭里鼓舞起对活着这件事的持续热情。

每次做饭的时候，我的脑海里是从小到大母亲为家人忙碌饭菜的身影。那了然于心的刀工手法，灵巧的双手筛洗切烧，油盐酱醋、荤素果点，在记忆中镀着光泽。我常常在一片温润的蒸汽水雾之前，自动自发地放弃了青春期的抵抗。一份疏离的亲情消融在暖暖的爱意中，满足一份轻柔的舒畅。

母亲传统，常对我和姐姐说，当一个好女人最基本一条：会做饭。从上初中，母亲就教我们择菜做饭。那时我和姐姐心不在焉地应付着，偷偷对望一眼：这都啥年代了，心里笑着母亲的老土。

母亲固执，每次都是父亲啥时回来啥时吃饭。父亲生意很忙，经常回来很晚，母亲从来都是让我们先吃，我们让母亲一起吃，母亲总说，一个人吃饭没意思，我等你爸！

以前不懂，现在想来，生意应酬一天，回家见一桌温热的饭菜，那饱含着的一份细腻、温存的心意，在碗碟前升温。这一刻铠甲可卸下，疲惫可卸下，焦虑可卸下。做饭、吃饭的意义也就远远不止果腹这么简单了。

其实我并不是一个喜欢做饭的人。刚结婚时不会做饭，在部队食堂吃了好几年，还很庆幸自己不用动手做。一次母亲来，看到灶具崭新锃亮，拒绝在外面吃饭。坚决让我们带她去超市，大袋小袋买回来，一样样地挑拣洗净，细密的汗珠在额头渗出，整个过程却非常快乐，毫无倦意。一会蒸汽升腾，香气满屋，一屋子的烟火温馨弥漫着，女儿的小脚勤快地跑厨房，腮帮鼓鼓。原来，一位母亲做饭的时候，才更能体会家的味道。

那次母亲走，郑重地交代，学做饭吧，家里没有烟火气，哪像个家？

于是开始学着做饭。女儿现在也进入青春期了，课业繁忙，饮食也是重中之重的任务。只要周末有时间，上街买菜、下厨做饭就是主要内容。莲藕切片、秋葵弄段、西红柿大小均匀……花椒在花生油里溢开了几朵小花，火苗呼呼舔着锅底，一把青翠的葱花点缀着热浪的温度，所有的味道融合在一起，在烟火缭绕中肆意绽放，五颜六色的一大堆食材，煎炒烹炸后原汁原味的优雅转身，心里幸福莫名。突然明白，做饭有种给予温情告白般的喜悦。

碗中的米粒粒分开，而且带着排骨的味道，香气怡人。排骨也融合了米的温柔，香而不腻。奶油蘑菇汤鲜美润滑，中西合璧的味道妥帖安抚着味蕾。煮茶器里"咕嘟，咕嘟"冒出细密的水雾，普洱茶香袅袅、氤氲翻腾。眼光扫向家人，惬意而满足。

一家人其乐融融用餐，卸去一周的繁累，精神抖擞地开始下一周的新生活，心向着同一个方向眺望，多好哇！

（原文刊发于 2020 年 3 月 16 日《西安日报》）

端午印记

早上上班经过菜市场的大棚子，远远就见人们围着卖艾草的三轮车挑选成把的艾草，或者在地摊上挑选着香包、五彩线。

看着眼前的景象，不禁感慨：国人总擅长在自然中，找到令人心安的庇佑。虽然南北方过端午有稍许差异，但在门楣插艾草和菖蒲，佩戴香包，喝雄黄酒点雄黄的风俗南北方大同小异。

在我眼中，端午节是中国传统节日里最具神秘色彩的一个节日。《燕京岁时记》里说："每至端阳，自初一日起，取雄黄合酒洒之，用涂小儿领及鼻耳间，以避毒物。"自古五月被视为"恶月"，五月五日更是"恶月"中的凶日。民间传说，端午节点雄黄、饮雄黄酒，可以驱邪避妖，防止蛇虫五毒。雄黄的厉害，我深信不疑——白娘娘千年道行尚抵不过一杯雄黄酒，现了原形。

对童年的我来说，点雄黄是过端午最具仪式感的一项内容。那天，当我从睡梦中醒来，发现自己的脖子挂上了南瓜、小粽子等样式的香包，手腕上、脚腕上被缠上了五彩线，非常漂亮。母亲说，五彩线象征五色龙，系上它可降除妖魔鬼怪，并叮嘱不能摘掉，什么时候下雨了什么时候才能摘下来，让它顺着水流的方向飘走，可以辟邪。其实，即使母亲不交代，我也舍不得轻易摘下这美丽的"饰物"。

香包是母亲做的。在每年临近端午时，爷爷都会把苍术、白芷、菖蒲、川芎、香附、辛夷、冰片这几味中药末按比例配的好香料交给母亲，母亲就会用攒下的布头根据颜色、大小为孩子们缝制造型各异的香包。

端午必喝雄黄酒，喝雄黄酒之前必先给孩子们点雄黄。

当手腕上戴着五彩线，脖子上挂着香包的我坐在丰盛的饭桌前，看见坐在上座的爷爷一脸严肃，打开一个小纸包，将橘红的粉末倒进面前的两个酒杯里，爷爷细长的手指在杯中搅动，"东……"爷爷抬起眼来，哥哥默默走过去，我和姐姐跟在哥哥身后，从大到小排着队。爷爷拿筷头在其中一杯里蘸一下，让我们张开小嘴，抿一下筷子，琥珀色的雄黄酒又辣又苦，我被爷爷庄重的神色镇住，不敢哭闹。待小嘴抿完，爷爷又重新拿起筷子在另一个酒杯里蘸一下雄黄酒，开始点雄黄。

爷爷手里的筷子就像一支画笔。他很有耐心，为了不让雄黄沉淀，在点之前都用筷头在酒杯里轻轻搅动，每蘸一下，就点一个地方。橘红色的点儿落在我们的眉心、耳内、胸口、肚脐、后腰……"雄黄点一点，百毒不侵扰"。点了雄黄就百毒不侵，一年中只有今天，是让我百毒不侵的日子呀！

点完雄黄，大人们象征性地喝一口雄黄酒，开始吃饭。我迫不及待地夹一口粽子，在有白糖的瓷碟里蘸一下，送到嘴里，凉生生、甜津津、淡香筋道，节日的乐趣在层层递进中孕育着。

吃完饭，父亲把喝剩的雄黄酒喷洒到房屋壁角、床下。我则跟在哥姐的身后去找小伙伴玩儿。这时才发现，几支绿意盎然的艾草，夹着三两支剑形的菖蒲，扎成醒目爽神的一束，悬挂于家家的门楣上。"艾叶如旗招百福，菖蒲似剑斩千妖。"过端午，这两种平日里普通的植物在这天则担当起驱毒辟邪的重任。

菖蒲味清，艾草的气味却浓烈得汹涌澎湃。于是整个街巷里充满着草木的芬芳和清润。我们穿梭在香气氤氲里直到夜色笼罩，也不急着回家。因为带着五彩线、香包、点了雄黄，觉得自己刀枪不入，百毒不侵，那种安全的神秘感，将我轻轻覆住。

后来回到西安，我们逐渐长大，驱蚊虫也有了更有效的方法。过端午也就不再有点雄黄的讲究。

十三年前，爷爷生病，我抱着五个多月的女儿回去看望，正好赶上过端午。因为父亲已经先一年去世，饭桌上弥漫着伤感。爷爷先打破这种沉郁："逝去的已经逝去，活着的该好好活着。"爷爷说完这句话，就叫我把孩子抱过去，我才发现爷爷面前放着一杯雄黄酒，"现在医学最新研究，雄黄不宜饮用。今天就只给孩子只点雄黄吧"。

九十四岁的爷爷拿起了"画笔"，只是这一次是一支毛笔，"你们小时候，因为一些原因因陋就简，用筷子给你们点雄黄。我已经给十个孙儿、五个重孙点过了雄黄，这次应该是我最后一次给我的重孙点雄黄啦……"爷爷的神色一如既往的庄重认真，在孩子的额头上画上了一个"王"字，"驱虫免灾，长命百岁"，爷爷念叨着。泪眼蒙眬中，我看见那橘黄色的"点儿"在孩子身上盛开如花。

就在给我女儿点雄黄两个月后，爷爷真的离开了我们。

小时候当大人们端着兑了雄黄的酒细细品咂的时候，用心地给孩子们点雄黄的时候，不曾觉得有什么。只是再次回首，才发现在那个年代，家人用各种讲究践行着"端午安康"的美好祈愿。那样的时光是一种人间温暖，是一种味道印记，有疼痛，也有我专属的幸福。岁月已悄悄将这份亲情浓缩，烙在了我的胸口。

有时我在想，传统节日之所以经久不衰，源于我们赋予它的特殊内涵，以及在千年的传承里不断衍生的外延。

端午即至，愿我们无恙、安康！

（原文刊发于 2020 年 6 月 19 日《人民权利报》）

风光未曾谙

因为慕名宝鸡大水川草甸的风光，周末便带着母亲去游玩。待到达大水川时已近中午，我们就先在南由古城用餐。把母亲安排在一家岐山面馆里，我和姐姐便在小巷里继续搜寻着特色小吃。

我和姐姐同时被一阵酒香吸引。进了酒坊，当我们端着看不清酒色的粗瓷碗，放到唇边小口抿着时，那熟悉的味道在舌尖氤氲，我和姐姐对视的一刹那，彼此都已知道，往昔就那么近在咫尺了。

在我们家，最重视的节日除春节外，就是端午、中秋了。父亲不管生意多忙，在这天必是早早回家与母亲忙碌饭菜，和家人一起过节。而这天，也是孩子们可以破例喝酒的日子。不管年龄多大，都允许喝一杯竹叶青酒。

我看着父亲给爷爷斟酒，神情和动作有说不出的孝顺和恭敬。这让我觉得面前的这杯酒也贵重起来。我小心地端起酒杯，学着大人的样儿，小口抿着，饭菜香气蒸腾，感觉庄重又温馨。

等月亮爬上来时，梧桐树下的方桌上已摆满了石榴、苹果、月饼和瓜子。爷爷和爸爸喝着茶，水汽在月色下缥缈，小院中的花花草草在夜色中娉娉婷婷，不知名的虫子阵阵唱和，这情景往往牵出了爷爷的诗情：年年佳节泪心酸，今夜杯中酒味甜。古稀余年风中烛，老来身弱夕阳天。耳听飘笙歌盛世，目睹兰桂秀街前。举斝对月开怀引，莫负人月两团圆。做完诗，爷爷让我们姐妹也背一首有关月亮的诗。我背完李白的"白玉盘"，咬开红、绿丝月饼，望着头顶又大又圆月的亮，觉得那"白玉盘"洒下的清辉让整个小院曼妙无比……

　　我沉浸在往事中，卖酒的小姑娘说，"姐，这酒养脾胃，润肝健体……"不等她说完，我微微一笑，"拿一瓶吧"。小姑娘望了我一眼，有点讶然我的爽快。

　　当母亲看着我们拿着酒进屋后很是意外，待知道是什么酒时，她没再说什么，我知道母亲也一样想起了往昔。父亲和爷爷离世后，我们再也没像小时候那样过节了，每次都是匆匆而来，匆匆而去，再也没有饮酒赋诗一大家子其乐融融的氛围了。

　　吃完饭，坐着小火车去草甸。山路迂回，阳光下，浅碧深黛的山演绎着"横看成岭侧成峰"，而我也自有云深不知处之感。行进中，渐感山风清冽，刚才还逼仄的山峰好像突然遁到了远方，豁然开朗的一片绿色在广阔的山脊上铺展，草地与长空相接，浓绿与云天照映，几座帐篷，几匹骏马洒在草甸上，我被这种宁静自由打动，只盼着小火车赶快停下，早点扑向草地深处。

　　小火车终于停下。眼前是一片与世隔绝的丛林，苍劲隐秘。我走在木栈道上，被这些不知名的参天大树围裹着，树下厚厚的落叶、植被，让我不敢驻足，我想原路返回。可母亲执拗地要下去，还指着不远处的一种植物说，那不是蕨菜吗？说话间，母亲已经快速地下去，举起手里像娃娃拳头一样的野菜，对着我俩说："就是蕨菜，真没想到，这山也有……"脸上闪烁着孩童般的得意。不一会，妈妈上来，把手里的一把蕨菜伸到我的眼前问我还记得不。我拿起一颗，在凑近鼻子的一刹那，就感到这是多么熟悉的味道。

　　味道是无形的，却真真切切地告诉我，我和它曾经相识。那是远在东北的舅舅给邮寄的一种山野菜。我走下木栈道，在丛林中和母亲一起寻找。母亲说，要是你爸还活着，我真想让他带着我回一次东北进山打山珍。"妈……"我喉咙哽住，我知道妈妈一定想起了爸爸下放农场和她去打山珍的时光。某个地方、某个东西、某种味道，都可以成为怀旧的影子。

虽然天色已晚，但我们没有催促母亲。

当暮色渐深，我们离去时，我看见母亲回头长久地一瞥。山山相似，水水相同。也许，我们之所以从未放弃旅行的脚步，是为了看山是山，看水是水，也许，看山也不是山，看水也不是水。

如果，我们在旅行中能无意中邂逅了曾经，如此，旅行便有另一番暖意了。因为无论岁月如何流转，往昔一直在记忆中摇曳着风光。也因为往昔，在阻挡着时光的凉意。

（原文刊发于 2017 年 5 月 2 日《西安日报》）

夫子爷爷

整理书柜，一个淡蓝的小本就躲在书柜最不起眼的一隅，随后翻开："黄昏信步河边路，春愁波皱，杨柳依依瘦……"泪水已经漫上了眼睛，记忆就在这一刻苏醒了！一个穿中山装，挂一拐杖的老者随着李白、杜甫、白居易、王维从历史长河中走来！他就是我的夫子爷爷。

二十多年前，我的孩提时代是在灞河岸边度过的。那时，爷爷常常会牵着我的手，漫步在灞河岸边，念与我听"碧玉妆成一树高，万条垂下绿丝绦"，给我讲李白、白居易、古长安……我似懂非懂，但很愿意听。小时的我长得瘦弱，所以并没有像哥和姐那样，每晚必练毛笔字方可睡觉。有时为了偷懒，哥和姐就装肚子痛。每每此时，爷爷就让姐先睡，哥就没那么幸运了。而我要是此刻也没睡着的话，也会和姐趴在门边看一眼强打精神的哥哥，再甜甜睡去。"灯下课孙费辛勤，一寸光阴一寸金。须知年少无多日，痴心望尔早成名。"这是一首爷爷写的《课孙》，但那时的我们是不会理解爷爷的苦心的。

爷爷走路很轻，个子又瘦又高，着一套中山装，留一撇八字须。爷爷爱诗、爱棋、爱茶、爱花、爱酒，独不爱笑。小时的我们不懂事，会故意拿着一篇古文让爷爷念，这时爷爷会正襟危坐，捋一下胡须，摇头晃脑、抑扬顿挫地读起来。我们觉得好玩，也学着爷爷的样子摇头晃脑，互相对视而后偷笑。爷爷仿佛早已陶醉于书了，看着我们掩嘴偷笑，便会咳一下，继续陶醉了。

同龄孩子玩得正开心的时候，我们要学习《三字经》《论语》

《千字文》。对于当时心不在焉的我们来说，现在只记得只字片语了。我们私下里叫爷爷"夫子"！有同学到家里来，怕爷爷，说爷爷有一种威严。可我从来没觉得爷爷威严，我拔他的胡子，他都没凶过。

天下没有不贪玩的孩子，我们会在某一天偷偷溜到灞河岸边，戏水玩耍。爷爷自有检查的法子，用手指在小腿轻轻一划，如果有一道白印子，那么你就彻底暴露了，必是要罚站的。我强辩着"沧浪之水清兮，可以濯吾缨；沧浪之水浊兮，可以濯吾足"，便逃之夭夭了。

年龄渐长，爱美之心也渐长。在学校表演完节目，回到家都舍不得将大红脸蛋洗掉，对着镜子臭美。爷爷摸摸我的脑袋说："傻丫头，腹有诗书气自华！"我不懂。再后来喜欢一个人独自上学放学，身后甩下爷爷凝望的眼神……我扶着栏杆凝眸远眺，看不到尽头的涓涓流水，听不尽的细风沙沙。看着芦苇静静地温柔地摇落秋霞，品味着爷爷的诗句："浅水平沙落日遥"，眼前的黄昏的美丽就蒙上了一层诗意。

等上了初中，爷爷有次讲到"女子无才便是德"，希望作为我们姐妹的一句良语。我和姐姐面面相觑，心想，爷爷真是个"老朽"。当看到我们表情时，爷爷笑了，给我们讲了出处，说女子不是不能有才，而是要有才而含蓄，端庄而矜持。爷爷说，女子若水，这是外在的形象，所以女孩子家要温柔纯良。女子若土，这是内在实质，而这土，就是教养、品德。

当初爷爷讲这番话的时候，我们并没有深刻的理解，只是此刻，随着岁月的更迭，品尝了一番人生滋味，爷爷那缓慢顿挫的语调一经铺开，心底便掀起了千层浪花。

回想这几年和许多人一样奔波于生活，不再练字，可偶尔还会写一点诗文，不动声色地抚慰一颗日渐沧桑的心，维护着我不卑不亢的底气。

我合上日记本，爷爷手捻着八字须，颔首微笑，默默的眼神，如星星点灯。我知道，这眼神将会一直陪伴我走过人生风雨。

（原文刊发于 2017 年 3 月 16 日《西安日报》）

古都的性格

我非常庆幸生活在西安这座城市。这个千年古都既古朴厚重又现代时尚。随处可见的仿古建筑，大街小巷的文物古迹，方方正正的古老城墙……总让人有时空穿梭之感。一城文化，半城神仙，就是对它最好的诠释。

我每天上下班都要在南门等车，每次等车时都会对青灰色的古城墙久久凝望，这个世界上保存最为完整的古城墙，一年四季给人的感觉也不尽相同。尤其在冬季，城墙更有"秦王扫六合，虎视何雄哉"的气势。城门深奥，箭楼巍峨，在这肃杀的天气里，绘着青龙朱雀白虎玄武图案的灯笼被风吹斜，扦着黄色的印有飞龙、麒麟之类的三角旗猎猎飞舞，城墙脚下，赳赳苍劲的秦腔嘶吼着，恍惚间听到城墙外千军万马袭来，马蹄、剑戈、战鼓铿锵作响……"天下山川，唯秦中号为险固"，它被日寇的炮弹轰炸过，今天的城墙依然有着居高临下的气魄。那些试图攻打这座城市的入侵者该有多么绝望！每每做此一想，都会有一番慨叹与震撼。面对着这个已经拥有六百多年历史，作为一座完整严密的古代城市军事防御体系的古城墙，我无法平静面对它。在这过往骤急的汽车喇叭声里，我还想聆听城墙崛起那低吟浑厚的吼声。

多少年了，城墙就那么静静地横亘在那里，但它却并不落寞。它的巍峨依然给了世人浮想联翩的猜度与感慨。

穿过南门城墙门洞，前行百余米右拐，在街西口矗立着一座古韵十足的高大牌楼，牌楼上方是"书院门"三个金色大字。牌楼两侧书有"碑林藏国宝，书院育人杰"的楹联，楹联中隐含着这条街上的两个重要地标——西安碑林博物馆和关中书院。

如果说城墙最能彰显西安的性格底色，那么书院门就是西安最具风雅内涵的所在。

"书院门"，这条城墙根下的仿古步行街因街内的关中书院得名。关中书院是明、清两代陕西的最高学府，也是全国四大著名书院之一。街道青石铺路，建筑古香古色。漫步前行，仿古的店铺在高大槐树的背后若隐若现。举目四望，两旁门店摆满了纸墨笔砚、书画字帖、陶埙铜器，店名也别具风雅，"轩""阁""斋"缠绕悠悠古风。整条街道虽店面摊位林立，却不闻吆喝叫卖声，顾客路过赏玩、咨询，也从不见店家强迫买卖。有些摊点临街而设，围观者众多，凑上前去，方知有民间书画家在泼墨书写、挥毫作画，皆落笔不凡。随便拣一间进去，玉器、毛笔与砚台、书法字画……总让人舍不得离开，凝视着眼前的一幅幅字画，尝试着走进作品的灵魂，哪怕获得几分心灵的共鸣或感动。就这样走走转转，刚才喧闹的心，顷刻归于平静。耳畔有埙音回环，深幽幽的苍茫。风掠过，树影婆娑，午后的阳光透过古藤、槐树的叶子照着过往的人们，无论年轻年长，都是面容温和，步履从容。走在这里，你会不自觉地文雅起来。

"关中书院"就凹在小街深处，明清建筑风格的牌楼古朴敦厚，书院虽不能随意参观，但门楼左右两侧的"崇文""尚德"四字依然能让我们触摸到书院文化的内涵。透过铁栏杆凝望，书院里进深狭长，古树参天，一派"深藏若虚"的超然。关中书院是明末著名学者冯从吾讲学的地方。他官至工部尚书。因于党阀斗争失败而辞官归乡。在故里，他潜心经理之学，讲学于此，从学者多达五千余人，声名大振而被誉为"关西夫子"。由于他的学识和情操蜚声邻省，这里很快成为一所很有影响的学术文化机构。后因冯从吾坚决反对宦官当权，宦官魏忠贤派人捣毁关中书院，冯从吾痛心疾首，饮恨而死。

在这里我最尊崇的是情怀和心志。因为这里是冯从吾和一群文化人开始他们文化远征的地方，他们躬行实践，高标独立。心怀家国天下的忧患意识，研究经世致用之学。他们的人格力量——拒仕者有之，辞官者有之，以死相谏者亦有之，怎能不让人肃然起敬？

现在的关中书院是西安文理学院校区，继续秉承了教书育人的功能。一代代新人从这里起步，再继教书育人伟业，我想冯从吾看到今夕一定会很欣慰吧。再往前走，是西安碑林博物馆。如果你更想近距离探究长安，那么这些圣儒、哲人的浩瀚石经将引领你通向遥远的历史。

走走停停，已近黄昏，迎着淡淡霞光，双脚轻轻地落在那一块块历经了岁月洗礼的青灰石砖上，呼吸着这座古城悠远迷人的气息，翘首看一眼城墙，打量一下书院门，或许因为这里曾经帝王风云叱咤，文人文采激扬，也或许因为西安千年的崇文尚武，才构建出了这个古老城市浑厚风雅的独特精神内核！这也许就是这座古都的性格魅力吧。

（原文刊发于 2018 年 9 月 23 日《西安晚报》）

穿越大明宫

  曾看到一句话：一朝步入西安，一日读懂千年。一晨踏入地铁，一眼望穿古今。四月的一个午后，坐着地铁我思忖这句话，想象着我即将探访大明宫前世今生，心中早已是满满的怀古之情。

  我是从玄武门进入大明宫遗址公园的。青灰色的玄武门城墙伫立在眼前，历史的气息翻卷而来。待踏进门来，才发现这里并没有崭新复建的宫殿群，而是出乎意料的空旷。有四个故宫那么大的大明宫是唐帝国的统治中心，也是中国古代乃至世界上面积最大的宫殿建筑群。此刻这空旷无垠非常直观地告诉你乾宁三年战火的彻底。举目四望，残墟依稀。倒是左侧的眼前，成片的牡丹繁华地开着，颇有一种波澜不惊的京都风范。我信步而去，眼前的断壁残垣默默无声，历史的风云变幻却在思绪里风起云涌。我细心地读每一块景点牌，遥感着大明宫的风雨脉络，遥思无限。

  在唐高宗和武皇后的时代，"鼓励商贸、让利于民"的诏令从大明宫公示于天下。国力进一步增强，"人家粮储，皆及数岁"。"四方丰稔，百姓殷富……路不拾遗，行者不囊粮。"当时丝绸之路上的商旅不绝于途，华夏文明和中亚、欧洲文明的交流融合，不仅开拓了统治集团的政治视野，更让大唐百姓享受到了社会开放带来的丰硕成果。英国的学者威尔斯将文明的盛唐和中世纪的欧洲作过对比："在整个第七、八、九世纪中，中国是世界上最安定最文明的国家……当欧洲和西亚敝弱的居民，不是住在陋室或有城垣的小城市里，就是住在凶残的盗贼堡垒中；而许许多多中国人，却在治理有序、优美、和谐的环境中生活。当西方人的心灵为神学所痴迷而处于蒙昧黑暗之中，中国人的思想却是开放的，兼收并蓄而好探求的。"

　　且思且行。远眺入目尽是水色潋滟，杨柳依依，"太液芙蓉未央柳"。那低垂的柳丝，轻点湖水，弱弱"娇无力"……不由得想起缠绵悱恻的爱情故事……池边空气清新，游客三三两两，或漫步，或小坐，好不悠闲。朝代更迭，好像与它无关。越往前走，越接近权力巅峰的殿堂，心里难免壮怀激荡。远远望着含元殿遗址、框架结构的紫宸阁，映入眼帘的一切，无不彰显着往昔的恢宏、大气、繁华与尊贵。"九天阊阖开宫殿，万国衣冠拜冕旒""遥认微微上朝火，一条星宿五门西""行人南北分征路，流水东西接御沟"……我从王维、白居易等人的诗中感受着大明宫当年的胜景。一千多年前，沿着丝绸之路来到长安的古罗马、阿拉伯、波斯商人，以及日本遣唐使，是怎样地对大明宫这座圣殿高山仰止！番邦入贡，谁不仰慕大唐文化？

　　我走得脚痛，坐在崇文门遗址前的石基上，细看铺在碎石中的雕塑，才发现是倒着的宫门，什么意思呢？我思忖良久。有风吹过，那夯土大台、廊道留存的痕迹竟有种宁静的疼痛。今之视昔，亦犹后之视今。这一大片空旷的遗址，会给你什么启示呢？置身大明宫，感受历史的余波共鸣，在我看来，这空旷中是需要我们填补上那缺失了的豪气，树立起一种勤勉的精神，让它成为今生的激励。

　　一瘸一拐地走到丹凤门——大明宫的正门，丹凤门夜幕下凸显雄伟、壮观更有几分迷离。

　　踏出丹凤门，车水马龙。回望，你会好奇那丹凤门里藏着什么吗？

（原文刊发于 2015 年 9 月 23 日《地铁早 8 点》）

花朝祈愿

每年花朝的这天，我都会挑一种最茁壮的花，系上一根红布条。花，也许是幸福树、木槿或是榕树盆栽。

花朝虽然是我国重要的民间传统节日，却在日新月异间，在农耕社会转变成现代化社会形态中，变成了台历上小小的备注。

我知道这个节日，是因为这一天也是我的生日。

在东北老家，过生日都是过阴历。童年时，孩子们过生日，母亲都会给煮一个鸡蛋。不同的是，我生日那天，母亲还会给院子里的老榆树系一根红布条。因为我是早产儿，三天两头小病不断。村里最年长的老甘奶奶曾说难养活，并对惶恐的母亲说，每年我生日时，给院子的老榆树系上一根红布条。阴历二月的东北依然白雪皑皑，窗外，老榆树遒劲的枝杈上红布条在风中飞舞，还有母亲在树前默默伫立的瘦小身影。

磕磕绊绊地长到五岁，在1980年春，我们全家迁回西安和爷爷团聚。

东北冰天雪地，西安春暖花开。生活也开启了诗情画意。我每天开始跟着爷爷读书、练毛笔字。爷爷"上课"灵活，除了教我诗词，还会碰到节气讲节气，碰到节日讲节日。也因此，在我过生日时，我知道了花朝还有这样一个节日。

花朝是百花之神的生日。在古时，宫廷民间皆剪彩条为幡，系于花树之上，名叫"赏红"，人们会游春食花、饮百花酒、祈祷花神保佑，风调雨顺，五谷丰登。

经爷爷一讲，似乎我的生日也因此蒙上了一层神秘浪漫。

爷爷领着我把红布条系在了院子里的梅树上，"万物有灵，愿美好的事物都会随着花开而来！"爷爷摸着我的头说："吃完面，咱们游春去。"

在南宋《梦粱录·二月望》中讲："仲春十五日为花朝节，渐闻风俗，为春序正中，百花争望之时，最堪游赏。"果真，一层花色一层天，我和爷爷行走在春光里，也像一朵抒情的小花，和春风轻轻唱和。嫩柳初绽，百花芳菲。爷爷也有了诗情，即兴一首《花朝杂吟》：

> 雷震惊蛰千峰醒，雨润枯木万山青。
> 系来芒履寻幽径，扶得藜杖入芳林。
> 小坐绿茵随处是，好吟新句信口成。
> 人老切莫悲迟暮，夕阳并不逊朝暾。

因了生日，不由得关注有关花朝的诗词和传说。"花朝月夜动春心，谁忍相思不相见。"花朝节所祭之花神，相传是指北魏夫人的女弟子女夷，传说她善于种花养花，专管植物的春长夏养，所以信奉她的不仅仅是花农，还有耕种庄稼果蔬的农人，这也是古人对于自然恩赐最由衷地信奉。

在浪漫开化的唐代，士大夫和文人们在花朝之日结伴郊游踏青，大开雅宴行令，为百花庆生。于是从洛阳与长安两地开始，花朝节逐渐流行开来。在他们的推波助澜下，花朝节可与中秋节相媲。历代诗文中，"花朝"与"中秋"并举，形成"花朝月夕"之说，成为良辰美景的代名词。到了北宋时期，花朝节又增添了栽花种树、采摘野菜、祭祀花神、占卜五谷之象等内容。

也许是中国南北气候的不同，旧时江南一带以农历二月十二日为百花生日，而北方一般北方以二月十五为花朝节。因为"花朝月夕"之说和我的生日原因，我们家都是二月十五这天过花朝节。

国人历来爱花莳花。一个与花有关的节日本身就是美好的。遗憾的是，现在花朝节仅仅保留在港澳台地区和云南等地的一些少数民族地区。

年年花朝，年年在花树上系上红布条，默默许上一个愿望。踏青赏花，将大地积攒了一冬的激情怒放领受于怀，感恩着自然的赐予。常常觉得无言而美丽的植物很有神性，面对它，我会坚韧、会柔软、会慈悲、会清净释然。虽然这个节日过得很简单，但花朝节于我，是一种生命情感的交换，是亲人不曾言说的爱。我越来越健康，再没有了恹恹之姿。我相信，与花亲厚，就有了如花的心情。

也正因为有所祈愿，有所信奉，柴米油盐的生活有了期待。

（原文刊发于 2023 年 3 月 6 日《西安晚报》）

金丝猴的"抱抱"

山曲水亦曲，山绿水亦绿。太阳隐去恣意的张扬，卷卷青山连绵铺展，在白忠德教授带领下，我们一行二十多人一路向南，奔向地处秦岭南麓的小城佛坪。

两侧峭壁陡立，脚下曲径通幽。当我们鱼贯穿行在原始丛林的怀抱里，由衷地雀跃，为自己的小夙愿可以达成，终于能看到秦岭的瑰宝、人类的邻居——大山里的动物精灵们。

因为金丝猴的生活形态接近人类，我更对金丝猴感兴趣。多次去过动物园，多次看过猴子，我只觉得他们活泼可爱，没觉得他们和美丽沾边。

可眼前的金丝猴的确很美——淡蓝色的面颊，通体金色的毛发。光滑闪亮柔软的长毛披散下来就像一件金黄色的"披风"，因为体型较大，这披风更增添了一份英武帅气，才明白孙悟空的"美猴王"之称的确名副其实。

和人类一样，猴群也是家族方式结群生活。地位最高的是家长，由一只威武雄壮的公猴担任。猴王享有一夫多妻的特权，也负有保护家小的职责。

在猴群里，猴王不难分辨。端坐在一块石头上的就是，不仅因为它体型强壮，而是它神情沉稳威严。无疑，它对自己掌管的"王国"相当满意，因为这是一幅幸福的画面：

猴子们有的在树冠间飞梭跳跃，在树杈间追逐打闹；有的在互相理毛，抓着虱子，认真而温情；还有的在拥抱，而且是抱抱再抱抱……

我的心中突然涌起一种强烈的感动。

人类的爱情始于猴子互相捉虱子，清除毛皮中的杂草吗？也因此便有了拥你入怀，便有了耳鬓厮磨吗？

《西游记》中美猴王却没有爱情，这不能不说是种遗憾。

也许周星驰也觉得降妖除魔有着英雄主义的悟空，即使没有凡间的女子爱上他，也应该有个神仙姐姐给他抛抛媚眼、撒撒娇，于是就有了白晶晶和紫霞。只是孙悟空错过挚爱，刻骨铭心，却再也找不到拥抱的理由。"从前现在过去了再不来，红红落叶长埋尘土内，开始终结总是没变改，天边的你飘泊白云外……"片尾曲《一生所爱》，道尽命运无奈。

你看，眼前的这对猴子还在拥抱，抱抱再抱抱。

这个时刻，喧嚣屏住了呼吸。这里的阳光很甜很香，白云陪伴着微笑的风声……它们，比悟空懂得把握当下。

鸟鸣、阳光、花儿，翠绿与饱满。守望相拥，抑或也是人世间的一种意念和向往。在大自然中，这种姿势，神圣、温暖、祥和。

曾几何时，习惯了线上交流的人们越来越孤单，近在咫尺的两个人，却隔着天涯海角的一个拥抱。

（原文刊发于 2016 年 9 月 12 日《西安日报》）

酒说

闲时偶读《壶边天下》一文，突然就对饮酒画面怦然心动："她的脸越来越红润娇艳了，眉眼变得水灵又花俏……我看她正到好处，再喝就把美破坏了，正想劝阻，恰是心有灵犀一点通，桌面上已是静了下来，大家文雅地坐着，对女主人微微笑。真是满座无恶客，和谐极了。女主人马上也感到了大家的善意，快活得一脸的光彩，把灯光都盖过了。"这鲜明的色彩，温馨的画面，这么好的喝酒氛围，真是美丽极了！

由此我不由得想起了爷爷喝酒。

爷爷走路很轻，个子瘦高，着一套中山装，留一撇八字须。爷爷爱诗、爱棋、爱茶、爱花、爱酒，独不爱笑。爷爷每喝完酒，总会写一些跟酒有关的诗词："新闻忘读因茶误，弈局未分为酒停。不问柴米油盐事，闲里寻忙是课孙。"我们同学都叫爷爷老夫子，对于平时哥哥姐姐完不成的毛笔字、背不过的《三字经》《论语》等爷爷会罚站，严重时会罚跪。我们的心里对爷爷是很怕怕的。对爷爷不那么怕的时候也有，那就是爷爷喝酒的时候。在冬天，爷爷必是将酒倒进他青铜酒壶温热了再喝，细长的手指轻端酒杯，啜饮一口，拿筷夹菜，我们才拿起筷子开始吃饭（这期间是不闻一点声音的）。可我总忍不住偷偷看爷爷，那不紧不慢的啜饮之间，爷爷的神情也见松弛，面色有了些许红色，整个人没了平日正襟危坐的威严，大部分时爷爷不说话，如无人似的啜饮，看不出悲喜。有时候爷爷也会吟诗，可我们都小，还不太懂，看着爷爷陶醉地摇头晃脑觉得很好玩，就哄笑出来，气氛一下子就轻松了。我从未见爷爷醉过，每次三五杯，喝完必是到楼上作诗去了，在夜光下离去的爷爷竟有几分仙风道骨。此刻我们也可以不必去做爷爷的额外作业。心里希望着爷爷要是天天喝酒多好啊！

长大看四大名著，关于酒的描写随处可见，《西游记》中展现的是对于酒的克制；《水浒传》展现的是大块吃肉大口喝酒的快活；《三国演义》展现的是成功人士喝酒的豪迈；而《红楼梦》则喝出了酒的文化、酒的高雅、酒的讲究和境界。

《红楼梦》中，提到关于饮酒的各种名目有二三十种，如年节酒、祝寿酒、贺喜酒、接风酒、饯行酒、中秋赏月酒、赏花酒、赏雪酒、赏灯酒、赏戏酒……像林妹妹这样的弱质美人，也有"晚来天欲雪，能饮一杯无"的情调，更别说红楼梦里的其他人物了，且看史湘云这姑娘开怀畅饮，"果见湘云卧于山石僻处一个石凳子上，业经香梦沉酣，四面芍药花飞了一身，满头脸衣襟上皆是红香散乱，手中的扇子在地下，也半被落花埋了，一群蜂蝶闹嚷嚷地围着她，又用鲛帕包了一包芍药花瓣枕着。众人看了，又是爱，又是笑，忙上来推唤挽扶。湘云口内犹作睡语说酒令，唧唧嘟嘟说：'泉香而酒冽，玉盏盛来琥珀光，直饮到梅梢月上，醉扶归，却为宜会亲友。'……湘云慢启秋波，见了众人，低头看了一看自己，方知是醉了"。在红楼欢宴里，离不开酒，离不开跟酒有关的游戏。少以酒赋诗传令，猜拳联句，饮酒时玩击鼓花的游戏……以及诗词歌赋所对的雅致令词，酒礼、酒俗、酒歌、酒令等诗酒文化精彩纷呈。一页一页读来，酒香阵阵，竟然也想有饮酒的冲动。

觥筹交错的宴席上，我常常看见刚才还温文尔雅，在狂喝滥饮后吆五喝六、词不达意、欲眼迷离，脸被酒精刺激得变了形还喋喋不休的人，更甚者，醉卧街头……我心中不免觉得人的可怜可悲之处。喝成这样，谁之过？

爸爸也好酒，但爸爸喝得豪爽。那时正迷恋金庸小说，就觉得父亲的豪饮很男子汉。而父亲当时又在生意场上比较得意，就觉得父亲像行走江湖的大侠，探得了他的武林秘籍，而我，不会想到快意豪爽的背后，是父亲对我们大爱的默默付出，这种付出很悲怆——父亲得了肝癌。父亲早逝，令我非常恨酒，虽然我把父亲的病归结为酒太过绝对，但它也有不可逃脱的因素。所以每每看到酒桌上海喝的人，总是心中怀着悲悯。

酒，在我国已有上千年的历史了，古人的豪情和友情全寄托在酒中，多少代人喝酒、品酒、论酒，以酒命题吟诗作赋。酒文化的内涵源远流长。除了从文化角度，酒自有它流传的价值，李时珍在《本草纲目》中写道："酒，天之美禄也……少饮则活血行气，壮神御寒，消愁遣兴。痛饮则伤神耗血，损胃亡精，生痰动火。"

春节临近，酒当然是这个重要的传统节日中必不可少的主角。要把酒喝成琼浆还是毒药，在于自己。

（原文荣获 2015 年《西部文学》征文优秀奖）

军嫂

午夜两点多。

我推着轮椅在医院的长廊上飞奔。日光褪去了昨日展现的温暖，暗调的深蓝透过长廊上的玻璃包裹上来，我的心头又涌上一个人"战斗"的悲壮。

上初二的女儿下午放学时不小心从楼梯上摔下来导致左脚内外踝骨折。我看着平时看书都会哭得稀里哗啦的女儿，竟然没哭，还安慰我说她没有多疼。等核酸检测结果出来已用了四个小时，在拿到结果的刹那，所有的焦灼都化为脚底的风。我只想尽快住院。

骨科住院楼有一个很长的坡，我艰难地推着轮椅进入楼道后，女儿扭过因为疼痛而苍白的脸，"妈，你咋那么大力气？"

我笑笑，她当然不懂，孩子一声软软糯糯的"妈妈"可以让我们披荆斩棘，而军嫂的身份让我们必须斗志昂扬。

因为是"军免"，很快就办好了手续，并临时增加了手术。

在手术室外等候时，又来了一位军嫂，她陪着胳膊骨折的儿子也在等待手术。小男孩大概五六岁，他咬着嘴唇皱着眉，靠在妈妈肩膀上，在灯光照映下，他们的脸都呈现一种泛着青黄的灰白。小男孩是这样的脸色，是因为疼痛，她的妈妈这样的脸色在我的感觉里除了担心应该还因为长期的疲累。

做完手术，女儿和小男孩同住在一间军人病房。麻醉的劲儿还没过，他俩还睡着，我便和这位军嫂聊了起来。

她在电力系统工作，和爱人隔着上千公里的距离。为了照顾家庭，她多次放弃提职，只做一个普通职员。对于我们这些军嫂来说，早已学会了独立应对一切的本领，在单位工作再出色，都不求提职加薪，只求能有更多的时间照顾家庭。

独自照顾家庭，接送孩子上学，周末去兴趣班，还要独自应对孩子的头疼脑热，这些在军嫂群体中都不算小概率事件。对于军嫂而言，等待是一种很平常的能力，忍得住孤独，生活上独当一面才是她们的必修课。

谁解其中味？此刻我俩像久逢的知己，回忆往昔，我们都为自己逐渐成长的"韧性"而骄傲。

孩子三岁时我们搬到部队大院，孩子在院子里上幼儿园时，我也在一个会计师事务所找了份工作，那时我每天都背着一个大包上班，但包里装的不是化妆品，而是三五个西红柿或是一朵西兰花，下班接了孩子，她看她的绘本，我给自己做饭。

记得有次切破手指，我简单地用医用纱布包住，牵着女儿下楼，天已经黑了。血一路滴，她又走得太慢，经过沙坑训练的地方，我让她自己玩一会儿沙子，告诉她包完手指我会很快回来，她点头答应了。我飞快地跑了，可身后还是传来女儿喊妈妈的哭声，我忍不住回头，几个在沙坑旁边单杠上锻炼的战士已经围过去抱起了女儿，"嫂子，你赶紧去吧，孩子我们看着……"等我处理好伤口回来，远远看见那几个战士正在陪她玩"老鹰捉小鸡"，女儿坐在一个战士的脖子上，他跑起来生风，闪躲起来敏捷，女儿嬉笑惊叫着。看到我，他一下子不好意思地停下来，腼腆地叫了声"嫂子"，牵着女儿的手上楼，但那声"嫂子"传达出的敬意和亲和感，让我觉得我原来并不孤单。

夜晚的号声响起，女儿已经熟睡，我用一只手把孩子换下的衣物洗完，照例在台灯下翻开了心爱的书。

护士来测体温问我俩，"你们还不睡一会儿？"我俩都笑笑，相同磨砺，让我们都很想倾诉和倾听。

小男孩出院了。女儿还得继续住两天。病房又住进了一位军人，她同时也是一名军嫂。今年四十岁，从北京部队医院直接过来的。在来西安前，她已经辗转了多个城市看病。

"虽然纤维瘤（因长在左臂背部神经上，手术无法彻底割除，也因为长在神经上，时刻疼痛）这病无性命之忧，但太复杂，总不能老让他请假吧，看病这四年多，我已经习惯了。"她笑容阳光，根本不像一个时时在忍受八级疼痛的人。我真佩服和疼惜她。

女儿临出院时，专家会诊也给她出了几个治疗方案，但无论哪个方案都无法治愈。

"你说我该咋办？"在来西安之前她是带着一丝渺茫希望的。我也揪心地疼，只有无言地抱着她。窗外下着雨，仿若压抑在喉头很久哽咽的声音。

没觉得军嫂有多么伟大，但有时却感到自豪，因为军人是我们"岁月静好"的守护者，而女人嫁给军人的同时，就拥有了一个共同的称谓——军嫂。军嫂就要学会独立，学会坚强，就要将万般柔情埋在心底，就要将家庭重担扛在肩上，就要撑起军人心中温馨的港湾。

做军嫂，我一生无悔。

（原文刊发于 2020 年 7 月 20 日《西安日报》）

雨

雨一直下，世界长出迷蒙。

站在窗前看雨，青灰色的天空下，青灰色坡屋顶的小楼隐在草木闪动着的湿湿绿意里，竟有几分"烟雨楼台"之境。诗意浮出，将心中绝缘、断裂许久的诗句连接起来，"自在飞花轻似梦，无边丝雨细如愁""莫听穿林打叶声，何妨吟啸且徐行。竹杖芒鞋轻胜马，谁怕？一蓑烟雨任平生……"

多久没有看雨了？曾经，还流行用书信传递情感的时候，我们把雨落时的心情写成文字，寄给对方。现在，我们用手机拍成照片或者视频，发在朋友圈，说好大的雨，看过了也许就忘了。曾经，我们喜欢花落听雨，凭栏看雨，把茅檐滴雨写得惟妙惟肖。现在，我们忙碌，看雨听雨的闲情也消无了。

很喜欢雨天。每一场雨，总能给泥土一次重生。泥土的味道，在雨后是芳香沁心的。那些浮尘，本有些躁动不安，可是一场雨后，又恢复从前谦逊低调的模样。一场雨洗去万物浮尘，一切还原于本真。这雨滋润着花草树木，也滋润着人，烦躁的心灵也变得平和安然，浸润着温柔了。

微雨的街道，其实是最美的辰光。伞花朵朵开起来，花朵下有飞扬的红裙子、白裙子、碎花裙子，有伟岸矫健的身影，有背着孩子的父母，有情人浪漫的牵手……

更喜欢听雨，"滴滴答答、淅淅沥沥"的雨声悠扬缠绵、从容宁静，让心情为之怡悦。在城市，听雨变成了记忆中遥远的梦。雨声轻灵，敲不响厚重的钢筋水泥，那就索性走到雨中去听吧。

　　只要雨不倾盆，风不斜吹，撑一把伞在小径上行走，更有一种自己想要感受的况味。沙沙的雨声在伞面上轻响，细细密密的节奏，柔婉亲切，让我不由得想起童年的小院，院内有开紫色花的桐树，有金色的月桂、红红的美人蕉、粉白的月季……我会推开小窗，看烟雨迷蒙中浓郁的碧色渐成写意的水墨画。是夜，捧一本好书，随淅淅沥沥的雨声品读文人雅士过往的心事，徜徉武侠小说的快意江湖……有本书上说，几千年的农耕社会，雨天人闲，人们可以心安理得地吃饭睡觉，放下心来偷懒享受的这种安适，想来已深入人类骨髓了，或许是这种基因流传，的确在雨天，人会自然地放松下来，发呆、看书、睡懒觉，都是很惬意的事。

　　也常常会想起，天下着雨，空气中弥漫着忧郁，想起一起撑伞走过的那些下雨天。如今我的身边，冷风把回忆都已吹散，只是再次忆起，已经不再有丝毫痛楚，只剩坦然。

　　看雨潇潇，听雨聆聆。纷飞的雨花变作层层的雨雾为世界蒙上诗意，"滴答，滴答"的雨声，是平时不被注意的生命有力地跳动。随心听雨，沉入这天地，微微润染一眉清爽，用寂静的耳朵捕捉自然的玄妙之音，脚下的水泽湿了裤脚，又有什么关系呢？淅淅沥沥的雨声，细听，有涛的节奏，在天地间壮阔着，绵延着，这总让我想起青山、丛林、麦田、菜地、果园、野草甚至苔藓……旷野很浩大，根系很浩大，形成了以根为中心的漩涡，根须的触角啧啧有声地吮吸……这吮吸声如澎湃的潮水，与雨声交织着，在耳畔交响。每每这时候，我都不由得挺直了腰身，也像一棵植物，在雨的滋润里傲岸尘寰。

　　如果你懂得这从苍茫里脱颖而出的流水，每一滴都拥有澎湃之心，那么面对雨，你真的会获得一种力量。有时候，压力使人打不起精神，喧嚣使人浮躁，那么就认真地感受一场雨吧，其实，雨落大地，就是一场甘霖普度，可以灌溉新生，可以冲刷旧痕，可以让我们褪去浮躁，在物质和精神的两极保持宁静和平衡。听雨随处，只需安静，安静下来，也就看清了心之所向。

有人说，雨是云朵的眼泪。有人说，雨是天空的抒情。其实，看雨听雨的感受，心境占了很多，也与年岁相关。书，常读常新，雨也是常听常新，就像此刻，人至中年听雨，有超脱，有力量，却无少年时的愁绪悲意。

（原文刊发于 2022 年 11 月 15 日《西安晚报》）

莲藕清芳

当荷塘里的莲蓬举起了拳拳之心，最佳食用莲藕的时节也快到了。

周末经过秦岭脚下的清水头荷塘，与盛夏接天莲叶、映日荷花的气势泱泱不同，此刻，一支支碧绿丰满的莲蓬与卷曲半黄的枯叶，正淡然地迎着且刮且凉的秋风。我并没有"菡萏香销翠叶残，西风愁起绿波间"的伤怀，只觉得一池苍荷摇秋水的景致别有一番韵味。

路边摊有莲蓬的售卖。三五个一扎，静静地卧在三轮车里，绿斗上微露的莲子如碧玉嵌翡翠般诱人。绿荷残存的清香让我忍不住想嚼嚼莲子甜嫩的滋味。于是挑丰满些的买上几把，两支用于插花，其余的就解口腹之欲了。

嫩莲子尝尝鲜三五颗便好。轻轻将莲蓬掰开把莲子从莲蓬里剥出来，取一粒放进嘴里，水嫩嫩的有淡淡的甜味和清香。

老一点的莲子剥去外皮剔去莲子芯后用文火慢慢地煮粥或是煨成莲子羹。莲子软糯清香，吃一碗便觉心火渐渐退去了。

剔下的莲子芯则晒干收于茶罐里。冬日里十足的暖气让人内热严重，此时取莲子芯七八粒，半个罗汉果冲入沸水，看着清澈的水逐渐变得淡绿微凉，饮一口，满口生津，那淡淡的荷塘清气，将心都荡涤得如水般恬静起来。

吃罢新鲜的莲子，鲜藕也紧随其后上市了。

民谚说：荷莲一身宝，秋藕最补人。在城市里，莲藕是一年四季供应不绝的。不过，秋令食藕始方得真味。无论是煨煮炒炖，皆为美味。

对藕的情深，源自女儿非常爱吃莲藕。也因此，我曾认真搜索莲藕的做法，才知道了白藕、红藕，及适宜的吃法。

白藕外皮光滑，皮为玉白色，身形细长，脆嫩多汁，适宜清炒凉拌或是炸藕丸。《白门食谱》里说："其作菜切成薄片，以糖和醋烹成，最耐人寻味。"为了做好这道菜，我曾下了很大功夫。将白藕去皮切成薄片焯水，焯水时掌握好火候和时间，过短不熟，过长不脆。然后放入凉开水中，待凉透后加入白醋、白糖、盐、香油、姜末拌匀，点缀些许红萝卜丝，洁白中带着点点翠红，入口脆薄甘爽。而用白藕与猪肉糜炸的藕丸则鲜嫩不油腻，外酥内嫩、清馨微甜。

红藕则皮色泛黄，外形圆润丰腴，含淀粉多，熟食软糯，适合做桂花糯米藕和煲排骨莲藕汤。

桂花糯米藕好吃，我却不会做。莲藕排骨汤是我的拿手菜。

宋代杨万里诗："比雪犹松在，无丝可得飘。轻拈愁欲碎，未嚼已先销。"还没嚼便销魂，其滋味可想而知。莲藕汤不仅好吃，更兼有清热消痰、补血养颜、滋阴润燥、强健胃黏膜、预防贫血、改善肠胃的功效。

莲藕排骨汤并不难做。

将焯好的排骨放在砂锅里放入姜片、葱段大火烧开，改文火慢炖时加入藕块、适量盐，炖三四个小时，一锅原汁原味绵软酥香、汤汁浓浓如乳的莲藕排骨汤便好了。

这自然的恩物常让我内心常充满温柔——这在污泥中的一颗洁白的心呀！《本草纲目》记载，莲的根根叶叶，无不为宝，都可滋补入药，且荷叶、藕节、莲子、莲心、莲房、荷梗、荷蒂、莲须皆有不同功效。

国人爱莲，更将莲看作高尚人格的化身和楷模。神话故事里，太乙真人用莲藕重塑了哪吒的身躯。佛教则以莲喻佛，象征佛与菩萨超脱红尘。"莲"有一种清净的端然，面对它的确会让人会不由自主敛了俗气。

不必伤怀"落红不是无情物"，莲一腔的尘世爱恋都凝结这满蓬的莲果与鲜嫩的泥藕。秋掠走了莲娇媚的容颜，却依了莲更深的意，每一节莲藕里都有着莲的温柔。在渐冷的天气里可以慢慢咀嚼回味，是那一缕缕清芳、绵润的滋味。

是日已过，命已随减。只要不忘本心，无论在哪种环境下，时间便会成全一切。这是莲给世人的证明。

（原文刊发于 2019 年 10 月 14 日《西安日报》）

今日，与昨天匹配的答案

有次和友人拜访书法家吴先生。坐在吴先生的书房里，我有点恍惚。确切地说是整面墙壁的书让我恍惚。都说，一书一灵魂，我看着这许多的"灵魂"整齐地码在书橱里，自有一种巍巍气势。似乎，这些"灵魂"也在俯瞰坐在沙发上的我。虽然自己也是喜好文字的人，却头一次觉得自己"空无一物"。这让我"心虚"。

这些书，我几乎都没读过。面对这些"灵魂"不由得生出几分惭愧，最近没读几本书。

吴先生穿着一件藏蓝宽松 T 恤，深咖色休闲裤坐在沙发上。他安然的目光在眼镜后弥漫过来，这让我放松一些。

我们的话题也很随意。从工作、生活，到看的电影，读的书，以及他出去写书时的见闻以及往昔岁月……

因为家庭成分的问题，三年级后，吴先生无学可上，全凭自学在陕南当了一位民办教师。从陕南到西安、从一位民办教师成为陕西美术博物馆收藏部主任、著名书法家、书法理论研究的学者，这种身份的转变，岂可就像今天和我聊天这样表达得如此含蓄、三言两语的云淡风轻？

肯定不是。

书法如何既偶然又必然地改变了他的生命道路？

吴先生说，我庆幸我很早就知道我想干什么……来日方长是个很奇妙的词，那些你日夜积累起来的点滴力量，终将让你接近期望中的自己。我对这句话浅显的理解是，今天的你是过去的你一步一步走过来的积累。

吴老师的人生经历让我想起初中的一位同学，她每次考试都是年级第一。即使有一次因为生病，休息了一个月，期末考试的时候，依然还是独占鳌头。多年后，同学聚会，当我好奇地问她如何保持这样的优异成绩，她说，她来自农村，在她们村里有一个姐姐学习很好，是村里家长教育孩子的榜样，谁都没想到她会考不上大学。有一次放学回来，她看到那个姐姐在地里除草就跑过去打招呼，没想到，弥漫而来的汗味已经代替了姐姐以前身上好闻的香皂味，拉着她的那双手也布满了茧子。她望着眼前那张红黑的脸，在那一刻起，她突然明白，要想改变命运，只能考上大学。那一年她上三年级。

都说性格决定命运。吴先生和我的初中同学共同点就是对人生目标很清晰，面对命运突如其来的灾难，不是被动地接受，而是主动迎接，务必坚持到底。

最近余秀华很火。虽然人们对她的评价褒贬不一，但是不屈服于命运，按自己的想法去活，这一点我们是应该鼓掌的。

趁着吴先生接电话的间隙，我站起来欣赏身后博古架上的瓦当陶罐、古玉匏器，最后在一幅画前驻足：一树、一人，剩下的就是整篇的留白。因为笔墨清淡，纸质泛黄，树和人也是远景呈现，静到极致，简到极致，竟觉得天地悠远，天人合一之感。

因又有朋友要来访，我和友人起身告辞。

路上车水马龙，这充满烟火气的人世间，有多少人会抽出一天把所有的感触和思路都脉络清晰地梳理一遍，认真地规划未来呢？

但愿我们，一只脚踩过昨日的心不在焉，现在即将抬起另一只脚，迈进明日的蓬勃花园……

（原文刊发于 2017 年 3 月 12 日《榆林日报》）

路过

昨晚下了一夜雨。从楼里出来，被湿润的植物气息包围着，有虫鸣唧唧、鸟声啾啾。抬头，白云给蓝天铺上薄雪……果然有些凉意。

每天上班，必先路过蔷薇花丛，踏着芬芳出门，心情先好了大半。走过红绿灯，经过早餐摊、学校、幼儿园、医药店……就这样每日走着，竟觉得我每日路过他们的日子也参与着我的生活，颇觉意味深长。

尤其冬日里，城市还将醒未醒，冷蓝的晨幕下，早餐摊上几盏泛黄的灯在袅袅蒸汽中摇曳着温暖，系着花围裙的摊主在蒸汽中若隐若现，铁锅上的菜盒儿正滋滋啦啦，油炸焦酥的特有香味儿弥漫扑鼻。煎饼馃子、豆浆油条、胡辣汤、鸡蛋灌饼……不时吸引着三三两两的行人落座，也有一部分行人捧着早点边走边吃或者拎在手里奔跑着赶车……蒸汽缭绕、饭香弥漫的早餐摊，撩动着每个沿路走过饥饿的灵魂，像是食欲河流上的一处小小渡口。

原来有着烟火味的场景才是最动人的地方！我虽然从未在此买过早点，但每每经过常常要望一眼小摊主，看一眼她红扑扑的脸上温暖的微笑。

路过学校、幼儿园时，人头攒动的校门口前家长们千叮咛万嘱咐，无论孩子义无反顾或者恋恋不舍，家长都会伸长脖子继续凝望渐远的背影，有几个孩子能懂得身后父母的目光？

相对早餐摊、学校的热闹，在离学校不远处的一棵苦楝树下却有一个安静的所在，那是一个七十多岁老奶奶摆的地摊，有色彩艳丽的绣花鞋垫，有小孩穿的绒面软底布鞋，也有成人穿的黑帮白纳底布鞋。大概早上的人们都赶时间，小摊很少有人问津，老奶奶就像个静物坐在马扎上，被淹没在人流里。

有天傍晚归家途中，校门口已是冷冷清清，我发现那棵苦楝树下的老奶奶正戴着老花镜在绣鞋垫，一抹夕阳照在她花白的头发上，针线穿梭之间，她手指熟稔轻盈，一只绣好的蝴蝶在鞋垫上展翅欲飞，谁还能说老奶奶是静物呢？她是那样慈祥、温柔，还有岁月风雨后的波澜不惊。

快到单位的时候，路过医药店，透过敞开的玻璃门，一位白发老中医正在把脉问诊，鼻尖萦绕的中药味，也让我有着莫名的踏实和安心。

在《看人》中贾平凹老师说："人既然如蚂蚁一样来到世上，忽生忽死，忽聚忽散，短短数十年里，该自在就自在吧，该潇洒就潇洒吧，各自完满自己的一段生命，这就是生存的全部意义。"我有时也会突然停住脚步，看着车的洪流、人的洪流，骤然发现其实人生不必太匆忙，结果不必太在意。这一切不过是沿着因果，顺着命运。当然，我们应该尽量让过程更美妙。

每天我走着路过着，有时会将爬到人行道上的蚯蚓用灌木枝放回到绿化带里；有时会扶着过马路的老人安全通过；有时也会将偶尔在路上捡到的身份证丢在办公室抽屉的角落里避免有人捡去作为他用……我走着路过着，却也和这个世界温柔共生着。

走路真的会上瘾。越走越能感觉到脚下大地苍劲的筋骨和雄厚的脉搏，而它的胸怀里繁衍着最恒定的人生，生生不息。每天走一段路，路过一些片段，已然成了我生命中的一部分。走一段路，记一笔生活，过一段日子，这就是人生吧！

（原文刊发于 2018 年 7 月 26 日《西安晚报》）

麦田上的星空

人在骨子里都是乐山爱水的。

所以闲暇的时间开车出城，走进山水间，就是很自然的了。

周末孩子上完英语课，和家人一起去长安的某个山庄。车窗外金色的麦田在蓝天下沿着黛色的秦岭无穷舒展，孩子们唱着"夏天夜晚陪你一起看星星眨眼，秋天黄昏与你徜徉在金色麦田……"我的心也跟着律动起来。

至山庄。门前溪水淙淙流淌，渠岸上野草轻轻招摇。大朵大朵的白云悠然浮动，这里真是带家人躲清静的好地方。

办好入住手续，才进房间，孩子们已经以我意想不到的速度换上泳衣，在温泉泡泡，在泳池游游，像穿梭的鱼儿，不知疲累。水是那么温柔，就好像一双大手，包裹着我，抚摸着我，我甚至想闭起眼睛休息，什么都不去想。我想，婴儿在母亲的肚子里就是这般舒适吧。

泡完温泉，简单地吃了饭。薄薄的暮色贴了地，水一样地弥漫开来。窗外的神禾原沐浴在一片橘红色的轻纱里。

于是开车，带着孩子向着近在咫尺的神禾原而去。才不到十分钟，就到了原下。而原下的小村子，此刻也到了最安闲的时刻，村民三三两两地坐在门前。有的拉着家常，有的就静静地看着落日的余晖，似乎等着黑夜那一刻的到来。

穿过小巷道，车开始爬坡，路陡，几个弯曲反复，至原顶，一片开阔：往下望，一层一层的麦田摇晃着夕阳，清爽的风夹杂着麦香，送来远处的狗吠。原下人家都隐入那一片暮色中不甚分明了。

孩子们要我给她们拔一株麦子，我拔了两株，告诉她们小心麦芒扎手。孩子们小心地拿着麦子，问，麦子为啥要长刺？我随口说，因为麦子妈妈要保护她的宝宝——麦粒，不被小鸟吃掉。其实我也不知道我回答得对不对。孩子们赞叹，所有的妈妈都好伟大呀！

我静静地坐在田间小路边上，孩子们随意玩耍的身影被夕阳镀上了一层金色。腿边的麦穗沉甸甸的，我是生平第一次如此近地感受他们，看着它随着微风掀起阵阵波浪，听着麦穗与麦穗间的细语，我的内心充满走过千山万水的柔软。我想，凡·高画完麦田之后会不会轻松惬意地叼一根麦秸躺进这一地金黄里睡一个安宁平静的午觉？

暮色渐渐远去，暖意随着归去的暮色已然淡去。星星缀满了夜空。女儿靠在我的怀里，我们一起仰望，这里的星空真美。深蓝的夜空中，星光灿如花，纯净又遥远，如同海底的珍珠，浪漫梦幻中又包含着一份空灵。像诗人眼里的柔情诗行，像童话里的梦幻世界。

第一次见这么美的星空，女儿后来作诗：

夜空铺满了水晶

闪烁着的金光

是哪一颗变成了灰姑娘的水晶鞋

在逃走的那个夜晚

留下王子追寻的线索

我们去过多次乡村，唯独这次长安之行对孩子印象最深，因为除了这首稚嫩的小诗，孩子还写了篇作文《植物妈妈的爱》。

　　我想这就是此行大自然给我的最好礼物，没有刻意的安排，我们邂逅了最美的麦田和星空。最近朋友圈非常流行一句话：生活不只有眼前的苟且，还有诗意和远方。我想说，追求生活的诗意没那么复杂，也许就是一次乡间行走，一次仰望星空；也许是剪竹修花、听一曲自己喜欢的歌。

　　生活究竟要赐予我们什么呢？

　　忙碌的工作，同时有一颗享受生活的心，把每天日升日落的重复，过得有滋有味。

（原文刊发于 2016 年 10 月 18 日《西安晚报》）

漫步大理

迎着几分轻柔的晨旭，放眼观望，一路上良田舒展。来云南几天，见的都是山，少见田地，才明白为何大理自古便是云南的富庶之地。车子在连绵的苍山脚下前行，左边波光潋滟的洱海与蓝天映衬，仿佛一个清新安逸的天堂。

导游说什么，我没有听进去。我流连于眼前白墙青瓦飞檐翘角的民居。这些民居墙壁上绘的山水、花鸟告诉我大理是"艺术"的。

"大理"二字在阳光下熠熠生辉，如火如荼的樱花淡化了城墙流年的沧桑。立于城下，竟是久违的感觉。

在我的长久的感觉中，大理绝不仅仅是地图上的那座小城。它也是"南帝、段誉父子、一阳指、六脉神剑……"伴随一个少女成长的童话和梦境。今天，我要身临其境，不再是书中的观者。

进入城门，蜡染、银饰、织锦、茗茶、画廊、民族服饰……一家挨着一家的街边小店，那些民族味儿十足的小饰品，不管是牛皮的挂饰还是布艺的背包都传递着白族"金花""阿鹏"的匠心独运，民族风情。吃着特色的烤乳扇，慢走细看。相较于丽江古城的扭扭曲曲，大理古城有着中国古典城市规划的特点，路呈田字形，由南到北，一条大街横贯其中，由西到东纵横交错。全城清一色的青瓦屋面，鹅卵石堆砌的墙壁。我望着墙壁上"琴棋书画、流云飞鹤、四季平安……"各种吉祥图案的彩绘，照壁、大门、屋檐上的木雕装饰……目光触碰瞬间，我知道我来对了。对于一个爱好点文艺的人来说，古城、古镇是绕不出的情结。

就这样信步而走，草编、木雕、泥塑，水碓、石磨、古老的铜匠铺……越过照壁、穿过廊坊，白墙青瓦矮围栏，那飞檐、房梁上绘有水墨画、有着雕花木格子窗棂门的茶楼食肆，酒吧咖啡馆便一座接着一座顺着街道逶迤而去。店外的长条木椅上，坐着的游客喝着咖啡品着茶……这种古典与现代，中与西，彼此结合包容更弥漫出一种闲适的情调来。

手捧着一杯咖啡。继续游走，渐深的巷道，游人便只见三三两两了。安静的小巷完美地呈现在眼前。

"白墙青瓦小弄，小桥流水人家。"路的两侧，渠水流觞，渠岸上树叶翠翠，樱花艳艳，花叶扶疏间掩映老宅民居庭院，弥漫着隐逸的味道。才明白金老先生为何将段誉刻画得温和俊美、随性痴情，这里的景致有这样的人物是多么顺理成章。《金庸与读者座谈会》上金庸在谈到自己作品时，曾借题发挥阐述了他的人生态度。"如果在我的小说中选一个角色让我做，我愿做《天龙八部》中的段誉，他身上没有以势压人的霸道，总给人留有余地。"

历史上是有段誉其人的。虽不是武侠小说中情种，却是一个以仁政治国，极受大理国臣民拥护的国王……这一次的探访，终究让梦中的人走向了具体，我没有失望。

一只在花草下舔洗爪子的猫儿吸引我停下来。

随意找一个花台坐下，看猫儿舔完爪子，舒服地摊开四肢晒太阳……一些低矮民居的屋顶上的野草自在地摇曳着。

这里的岁月静好，曾经的惨烈无迹可寻。据说元朝时忽必烈攻打大理，屠城，现在的古城都是元朝以后慢慢建的。释家常说，"还它本来的面目"。什么是生活的真面目呢？我们总是忙忙碌碌，追追求求，往往忽略了生活的本真。我想，这里盛开的花，这里闲淡的氛围，就是大理人的生活态度。无论发生什么，从来没放弃对美好的构筑和美好的追求。

怎样的旅行，才是最好的旅行呢？就是在一个地方，发现久违的感动、心灵安然的妥帖。我扬起头任目光驰骋，苍山连绵、白云在天空游走，在大理，能找到所有的云彩，屋檐在阳光里浸染着时光的味道。

路在延伸，人在流动，这里的烟火人生的诗意生活，一年又一年的循环往复，抚慰着岁月苍凉也共享着安乐祥和。

（原文刊发于 2016 年 9 月 10 日《城南文化》）

采"风"西咸

这就是咸阳，大秦的帝都。第一个封建王朝启幕的地方。

随文友至西咸采风。西安离咸阳一步之遥，可我对咸阳的印象仅局限于秦始皇时代前后。在历史的云烟中，强悍的大秦帝国早在群雄的杀伐中灰飞烟灭，西汉王朝也最终被一秀才搅得四分五裂。商鞅变法、焚书坑儒……随着秦朝的灭亡，项羽一把火烧了咸阳，标志着咸阳的政治地位逐渐衰落。至汉以后长安的建立逐渐取代了咸阳政治地位。这些都是初中的历史课的知识。在我的感知里，历史中的咸阳血泪多过辉煌。

咸阳位于陕西八百里秦川腹地，渭水穿南，嵕山亘北，山水俱阳，故称咸阳，是秦汉文化发源地。默默无闻的咸阳走过千年，随着近两年大西安战略的提出，才让西咸新区应运而生。

车一路疾驰，车窗外到处是正在施工中的工地。我突然担心这座城只注重高楼的扩张，而忽略文化底蕴的加持。

直到我进了崇文塔景区，我知道我的想法是多余了。景区并不宏大。一进景区门迎面矗立的崇文塔就吸引了我的目光：建于明的崇文塔，号称中国第一高砖塔。站在塔下仰望，可以看见塔身每层均设有四门四龛，龛中置或坐或立、形态各异、造型生动的石刻佛像。这与大小雁塔的建筑风格完全不同。这样一对比，唐、明时期的"塔"建筑风格差异，催生了我心中的古意。

随友人在景区内崇文国学馆、陕商文化博览馆、国艺秦腔馆、三秦非遗博览馆漫步徜徉，这些国学经典、民间艺术、地方遗风让我对咸阳如蜻蜓点水般有了一点了解。

好在在大西安和西咸新区整体战略框架下，西咸继续传统文化的传承和发扬。"沣滨水镇诗经里"是一个"文化传承再现"相对具象的存在。那首传唱了几千年的《蒹葭》诗篇回响在耳畔：蒹葭苍苍，白露为霜。所谓伊人，在水一方……

红尘别恋，用歌声诉说。在水一方，越过浪尖汹涌。于是，远古的风缓缓吹来，眼前如《诗经》中的花草，占卜岁月枯荣，映照古人的风尘残缺和圆满。

等尘埃里倾心一诺。

等水岸草青，等暗香浮动。

等你我再次循着古风而来。

并非我多情，当我眼前呈现的风物都从《诗经》转化为现实的景观和建筑，无论是风雅、国风、关雎、月出四大广场，还是秀莹、泳思、蒹葭、流萤、采薇五大庭院，还是步履间入眼的店名：醉花荫、鸢飞阁、清酌饮、南有嘉鱼、摽有梅和不时擦肩而过的汉服美女、孩童，都仿若一根细小的线从不同角度通透着遥远的古风。

小镇被灵沼环绕，水汽是从灵沼两侧弥漫而出，"灵沼"由两河一渠水系组成，即沣河、灵沼河、灵沼渠。周文王曾在此疏理河道，教民稼穑，广施仁政，与民同乐，构建了西周"丰京"的和谐社会。《诗经》有云："王在灵沼，于牣鱼跃。"历史是模糊的，《诗经》吟唱却是具体的。当我看着水边蒲草、红蓼……这些《诗经》中的植物在眼前摇曳，我仿佛看到远古的人们，吟唱着《诗经》的句子，在田野，在村头土房，在山涧，在落日余晖中，在微雨空蒙里……采诗官风尘仆仆、摇着木铎从远处走来，清脆的铎声穿过树林和溪流，由远及近，刚才还专心劳作的村民们惊喜地抬起头来，扔下手中的农具，朝着铎声飞奔而去。他们知道，采诗官又如往常一样到这乡间地头来记录他们的心声。想想那是一幅多么美的图景呀。

其实，"采风"并不是现代才有，早在几千年前的先秦时期，就开始了这一活动。古代称民间歌谣为"风"，所以采集民歌的活动称为采风。

两千年多前，西周建丰镐二京于沣河之畔，设采诗官，沿沣河采各地民风，经筛选、编撰、谱曲、奏于天子。为政需要体察民情，而最适宜于表达人们感情的歌谣，自然是写照民情的好资料。《汉书·艺文志》"古有采诗之官，王者所以观风俗，知得失，自考正也"。周天子以"礼"统治天下，臣民则按"乐"的要求向天子汇报社会问题并提出建议和呼吁。礼乐文化的核心体现正是《诗经》，而《诗经》也正是礼乐文化诗情画意的记录。一部《诗经》不难看出西周时期，天子受到天下诸侯和百姓的拥戴，天下太平，民生和谐。

音乐之美，和诗以歌。耳畔响起"关关雎鸠，在河之洲。窈窕淑女，君子好逑……"我恰巧坐在一片紫红的益母草前，闻着淡淡的药香，仿佛能听到一个女子的泣涕之声。"中谷有蓷，暵其干矣。有女仳离，慨其叹矣。慨其叹矣，遇人之艰难矣。"

益母草也是中草药，作妇女病治疗调养之用，在本诗中则在女子被抛弃的悲情里承载情感抒发的起兴之物：在叹息声中看它枯萎，在无法疏解的哀痛里看它逐渐风干，在黯然落泪中看它失去水色，诗中三次重复的意象，让人有种忍受这种伤痛的时间感。而在这痛感之中我们也能读出她从"遇人之艰难""遇人之不淑"到"何嗟及矣",终于在伤感彷徨中自觉醒悟的艰难过程。难免一声叹息,古往今来"爱"都是永恒的主题。"爱"和"弃"也仿若孪生,从古至今一样地颤动心房或是撕心裂肺。

我仰起脸看天,看了好久,文友问我看啥看那么久?我说:是岁月!我并不擅长铺陈宏大的叙事,只是这眼前的花草与吟唱此刻都投射出意味深长,他们闪耀出诗意光芒在心中烙下袅袅暗香,将会沉淀在我未来的岁月里。

沣水潺潺,诗意泱泱。我的心也按捺不住,即兴赋现代诗一首:

夕阳醒了天空的脸开始绯红

坐在这里不想走

刚才旁边的展厅里

人造的蒹葭下了一场早来的雪

打开远古的诗意

水边的益母草隐去《诗经》里的憔悴

在我的胸前颤了又颤

这母性的草走过彷徨

带着苦涩与向往一起出征

走到《本草纲目》

帮助世间所有的女子

我的心低低的

感受淡淡药香里藏着的温柔暗潮

我也在修炼人间道

一个人行走

(原文刊发于 2019 年 7 月 1 日《散文之声》)

莫负人月圆

还没到中秋，母亲就打电话让我们中秋节不要在外面吃了。说每次都匆匆地去，匆匆地吃，全然没有过节的感觉，让我们今年在家过，还说给我们烙核桃月饼。

我很喜欢小时候过中秋的感觉。那时在我们家，一年中最重视的节日就是春节、端午和中秋。父亲不管生意多忙，这几个节日必是早早回家与母亲忙碌饭菜和家人一起过节。而这几个节日里，孩子们还可以破例喝一杯竹叶青酒。

一家人围着圆桌落座，平日不用的白色小吃碟、白色磁勺被摆了上来。且不说凉菜、热菜的诱惑，就连看着面前酒杯里金黄，那醇甜幽香的味道都勾出了浅浅的幸福。

爸爸和爷爷喝白酒。爷爷细长的手指轻端酒杯，不紧不慢地啜饮着。父亲小心地斟酒，神情和动作都透出父亲的孝顺和恭敬。这让我觉得面前的这杯酒贵重起来，我小心地端起酒杯，学着大人的样儿，小口抿着，就着可口的饭菜，感觉庄重而又温馨。

吃完饭，在月亮出来之前，我们小孩子可以自由玩耍。我溜进厨房，案板上的不锈钢大盆里，发面一直在起泡。气泡一点一点在长大，快溢出盆来。我仰着脸看着面盆，小泡还在成长，忍不住伸出小手刚要戳戳这个"蓬松的大面包"，身后响起母亲的声音，"小手脏，去和姐姐玩吧"。我咬着手指没走，看着母亲从盆里取出发面，面团很黏，一拽大长，我掩着小嘴笑了，这面粉真"淘气"呀。

母亲手上蘸着干面粉不停地揉搓直到它变成了一个光亮绵软的面团。"让它再醒醒"，母亲说着便牵着我的手走出厨房。

待月亮爬上来时，桂花树旁已经摆好了方桌。桌上有石榴、苹果、月饼、瓜子，还有一壶沏好的茶。此刻，母亲正在厨房烙月饼，这是特意为爷爷做的，因为爷爷不吃甜食，母亲就用发面做皮，将炒熟的花生、芝麻、核桃撒了椒盐做馅儿，做成了盘子那么大的"核桃月饼"。

经由母亲的手，刚才那个吐着气泡的"大面团"幻化成的月饼被放在方桌上，在月光下香味袅袅升腾。趁着热气，母亲按人数将月饼切成扇形的小块。

月亮又大又圆。爷爷和父亲吃着核桃月饼喝着茶聊着家常。对于小孩子来说，透明的夜里，眼中的一切都被月光乔装，增添了一丝神秘。

清酒下怀，其乐融融。这情景往往牵出了爷爷的诗情："年年佳节泪心酸，今夜杯中酒味甜。古稀余年风中烛，老来身弱夕阳天。耳听飘笙歌盛世，目睹兰桂秀街前。举斛对月开怀引，莫负人月两团圆。"

那时，我不懂爷爷的那番感慨，只觉得喝酒吟诗挺有趣。爷爷让我们兄妹也试着做，做不出，背一首有关月亮的诗也可以。我们背完诗，爷爷就回房休息了。月光下，爷爷离去的背影很有几分仙风道骨。

此时，我们还意犹未尽，纠缠着妈妈讲嫦娥的故事。我边听故事边把两只小手卷成望远镜，看着月亮阴影部分，越看越觉得像桂花树的影子。神秘感随着月光氤氲不断升腾，月亮也不是平日的月亮了，那里有嫦娥在桂花树下捣药呢。

小院中的花花草草在夜色中娉娉婷婷，我用耳朵寻找那不知名的虫鸣。月光柔柔地洒在身上，坐在月光里，赏月吃月饼，这样的夜祥和、澄明、美好。

童年的中秋还历历在目，父亲、爷爷却已相继离世。以后的中秋节母亲再也没有烙过"核桃月饼"。

我听着母亲的电话，突然有种想泪奔的感觉，我们都在忙忙碌碌中把节日过成了平常日子，而忽略了节日的内涵——家庭团圆与和谐永恒的企望。

我对中秋竟然有些期待了，如若可以，我还想带着孩子吃着母亲的核桃月饼，把一片一片月光抓在手掌里。

（原文刊发于 2018 年 9 月 23 日《西安日报》）

日历，年华履痕

月底加年底，每日又忙碌得像颗陀螺。表哥给我打电话让我抽时间去他书房，表哥说，"六十一甲子"，这个本命年于他来说意义非凡，为了纪念，他要送一份礼物给我。

腊月二十六下午如约到了表哥书房，和表哥的两个学生一起喝茶聊天。临走表哥送了我们每人一份日历。

原来，新年礼物是一份日历呀！

回到家在灯下将日历在书桌上展开，淡黄的宣纸上方是哥用朱砂写的篆体"大吉"二字，左上角是表哥的题字、签章。下方是十二个月的日历。

当把一年的日子变成一纸在眼前摊开，一年的无形时光，以每日为一个刻度了然呈现，才发现一年远没有想象得那么多。

我突然有些惭愧，就在几天前的文友聚会中，我还收到云枝姐送的一本配有她手绘植物漫画的日历，只是回家时随手插在了书柜里，忙碌得忘却了。

人总是习惯对熟悉的事物熟视无睹。就像这日历，从小到大陪着我一路走来，我却从来只把它当作看日期的记号，可是今天，三百六十五日的时光就在眼下框框分明，我才知道以前从未理解日历的意义。

万籁俱寂。我审视着过去，打捞过往的时光中有意义的日子。突然觉得，在过去的时光中自己填下的精彩太少。竟有那么多的日子是空白，在一举一动之间无痕地溜走了。毕淑敏有篇文章《醉生梦死的人，你只会轻慢了你的人生》。其实我想对于我们大部分人来说并不是醉生梦死的人，而是安于现状日复一日，让生活的琐琐碎碎淹没了青春梦想的人。开始是迫于生计，而糊口之忧解决之后，我们已经习惯一成不变，忘了自我生活意义的真正选择。就像今天中午和同事一起吃饭时说起的话题，为什么会觉得空虚的人越来越多？快节奏的生活，让人心显得浮躁，网络的发达，人与人之间在情感和思想却沟通得少了。一同事回答。其实同事回答是不错的，那么再往深探究一下，我觉还是因为精神没有依托，这个精神依托可以理解为信念、理想、自己由衷喜欢的一切事物。

就在前两天，孩子发现我头上隐藏的白发，拔下来给我看，我的心头一次涌起对时间的恐慌，许多想做的都还没有做，就要老了吗？小时候，撕日历是件痛快事，听着"嘶啦"一声，想着离过年又近了一天，那一声也是极美妙的。但现在想来，我很怕听到那一声"嘶啦"的。因为这不仅是一张纸，这是日子，是我们都要珍惜日子呀。

向前看，仿佛时间悠悠无边，回首，方知生命匆匆瞬间。一天稍纵即逝。我们会在哪个方框里刻下一个悲喜淋漓的注脚？那逝去的一日一日，又会在哪个方框里有一个重要的符号，在生命中闪闪发光？

橘色的台灯下日历静默无声，时光也静默无声。突然明白，时光，在等待懂得人，去做让时光都感到幸福的事。

时间煮雨，岁月缝花。青春终究会败给流年。可是当有一天皱纹爬上我们眼角眉梢，青丝变华发，我们透过流淌的时间，打开日历上一个一个方框，我会对时光说，那是我的"私人订制"。我还算满意。如此，也算没轻慢了我的人生吧。

"不管怎么说，明天就是新的一天了。"我望着台历上的日期，想起斯嘉丽的话。

（原文刊发于 2017 年第三期《榆林新青年》）

秦岭任驰骋

陕南老家的亲戚打来电话，让我们回去参加三姑婆九十五岁寿宴。

哥开着车，一路向南。眨眼间秦岭便横亘眼前。初秋的氤氲薄雾散去，山林红黄间绿，渲染秋色斑斓。山体绵延的高速公路像一条美丽的弧线望不到尽头。刚看清"终南山公路隧道"几个隶书大字，车子已钻进隧道。隧道就像两个"大鼻孔"，一个接着一个。究竟有多少隧道以及隧道的名字我记不清了，只觉得这些隧道就像一支利箭穿越重叠的山峦，纵横的沟壑，连接着一座又一座山梁。坐在车里，竟有"天高任鸟飞"的感觉。

千年前韩愈老先生曾感慨："云横秦岭家何在，雪拥蓝关马不前。"而三十年前，我那次回陕南老家，同样是一次胆战心惊的旅程。

那时的山路坡陡弯急，道路逼仄，回环太多，车就像个甲壳虫在蛇形的路沿上颠簸，感觉随时都有翻下去的可能。晕车呕吐不说，一路提心吊胆，根本无暇看山赏景。坐在摇晃的车里，就如同坐在飘带上，心常常提到嗓子眼上。那时，回一趟老家，翻一次秦岭，最少也得八小时车程，还要徒步三四个小时才能到家。我走不动了，抹起了眼泪，父亲一边给我鼓劲儿，一边讲起了他小时从丹凤徒步到西安的往事。

20 世纪 50 年代初，爷爷让在丹凤老家的父亲来西安上学。三姑爷带着八岁的父亲徒步九天才到蓝田县城，随后坐马车到了西安。

父亲说，第一天他的脚就磨出了血泡，脚底火辣辣的、黏腻腻，钻心地疼。夜晚借宿山民家，腿肿、脚疼加上想奶奶，他躲在被子里悄悄地强忍着眼泪。一天、两天、三天……转过一个山梁又是一个山梁，可群山环绕，没有尽头。停歇、拭汗、行走，偶尔能遇到穿麻鞋打裹腿肩挑山货的山民。山上寂静得能听到树叶窸窸窣窣声，还有行走的脚步声，就这样走了九天才走出了大山。

"咱们现在进入秦岭最长的隧道了。"哥的话打断了我的回忆。扭头四下望望，感觉跟刚才那几段隧道没什么区别，只是很长很长，就在我稍感压抑的时候，看到前方隧道内两旁布置的树木花草以及紫色的灯光带映射出的海豚、鲸鱼游动于洞顶的海底世界，我瞬间精神了许多，原来这样的设计是为了缓解司机的视觉疲劳，避免安全隐患。

飞奔在西汉公路上，穿越一个又一个隧道，当光影的交错，一寸阳光一寸暗影，在眼前流淌变换，有刹那恍惚，昔日那个在大山蹒行的小女孩现在坐在车里感觉像在飞，在穿越一种神秘。在人类以超自然力的创举中，把大秦岭从南到北深钻穿透，天堑变通途，我不知九泉之下的父亲会有怎样的感慨？昔日古道上的驿栈亭邮，湮没于地老天荒，而沿公路一溜儿兴建的服务区、休息区、加油站与超市，让人与物的流动至为舒便，再无羁旅之难。

不到四个小时，我们就翻过秦岭，回到老家。在酒店与三姑婆、亲戚们杯盏交错时，我的眼前浮现出当年那个傍晚到达三姑婆家里的情形：小土屋油灯如豆，斑驳的桌子上粗瓷碗盘……

该说些什么呢？我的感慨在胸中翻江倒海。《愚公移山》虽是寓言故事，然而中国自古就有"逢山开路、遇水架桥"的奋斗精神，一条条现代化通衢，让神州处处是焕然的景致。

在回来的路上，我望着南来北往的车辆，忽然感觉出门旅行居然成了我们普通人说走就走的任性，心想，五六十年弹指一挥间，可祖国翻天覆地的变化还是让人慨叹不已。走过角角落落，跨过山山水水，我真切地感到：

路，让远方不再遥远！

（原文刊发于 2019 年 8 月 12 日《西安日报》）

秋的姿态

立秋后，小区后门的野草茂盛地拥挤到小径上。确切地说，小区后门的这条小径还连着一块不大的空地。只是空地已然不见，曾经在春天只到脚踝的嫩绿蒿草，现在却及至腰际，支蓬着侧枝连成一片黑绿色的幕墙不留罅隙，这是野草最茂盛的时刻。这也是虫鸣最响亮的时刻，"唧唧、嗞嗞、唑唑……"声在草丛中起伏、蔓延，演奏着秋籁。听着虫鸣，闻着草木气息，竟有种"小隐隐于野"的感觉。

我喜欢这里，我喜欢这里最自然的生命状态。

暮色上浮，有一层潮气漫上，湿湿凉凉的植物味道萦绕鼻翼，包围周身，留下季节暗换的讯息。秋是要来了。不消几天，寒气凝聚，霜花在万物中绽放，红衰翠减，这美妙的歌声也将偃旗息鼓，然而这歌唱我听不出生命行将结束的悲凉，它们唱得一如既往的热闹也一如既往的认真。心中突然对这些苍天安放在大地上的生命——我不知名、不知样儿的小虫子们有种莫名的敬意。古往今来，太多的人比它们容易悲秋。且不说李煜、柳永、李清照等，就连以豪迈、洒脱不羁著称的李白，也让我在《秋风词》窥见了他凄婉动人的一面。

周末阳光正好，和家人去渭河边游玩。看连天的芦苇在风中摇曳，蒹葭之苍苍，天光云影，纤细的筋骨摇摆着诗情画意。尽管远观朦胧的感觉也很美，可理性的瞳仁还是寻找清晰，我想具体地看看这些植物在越来越深的秋意里会是怎样的姿态。走近，比我高的芦苇根根透骨挺拔，它们一根一根密密地挨着，在水之湄倒映出一股韧气，充满了蓬勃的张力。

脚边的草也成片地枯黄了，与土浑然。不见了二三月暖风下的清新，支棱着黄黄的草叶，安详地晒着阳光。草丛里不见了紫色花苞的刺蓟，举着白色绒球，静静地只待秋风起势。我看着这些草，回忆着青枝绿叶的过去，想象着它们的根盘根错节紧紧拥着大地，想象着一场风为媒，那些草籽顺其自然地安家，落地生根……见证过纷繁复杂的世界，此刻心中却有一股清泉流淌。真的，你若静下来，会听见它们的呼吸，闻到它们的气味，更感受到有一种包含生命力的沉静。

我坐下，就像身边的一棵小草，一棵刺蓟，微闭着眼睛沐浴着秋阳。我想人生尽管要经历风霜雪雨，若得草木之精神一二，如何？

傍晚归家，小区南门前的格桑花被秋风一碰，细碎的叶子就簌簌而落。我停下，小心地取下花苞里的籽，放在手心里，沉甸甸地。我环视周遭，用不了几天，草木还将进一步地删繁就简，苒苒物华尽休。

我不禁想起那唧唧虫鸣，它们在生命即将谢幕时刻奏响的一脉情怀，让这片轮转的衰落与生生不息显得豪放而庄严。

有句话：看山是岁月，看水是轮回。其实看看秋草落叶，看的也是岁月轮回。

其实此刻，你我也正演绎着，只是在演绎中，当岁月的风霜停留在我们的额头眼角，我们会沉淀下什么呢？

写这篇的文字的时候，正好看到村上春树一篇《我是如何熬过那些穷困日子的》中说，尽管眼下十分艰难，可日后这段经历说不定就会开花结果。我不知道这话能否成为慰藉，不过请您换位思考、奋力前行。

（原文刊发于 2017 年 11 月 1 日《西安日报》）

丝巾，穿越千年的风景线

总觉着丝巾蕴含了似水的柔情。

天气转凉，下了几场雨，刮了几阵风，眼见着树叶开始变黄，稀稀疏疏地飘落，秋天渐次欲浓欲淡的色泽醉意熏染，于是秋韵婉婉而入。而此刻飘曳于女人肩头的丝巾应了这个时节，在明媚绚烂的秋阳中轻舞飞扬，成为大街上最妩媚的一道风景。

一日翻看袁大安《大安人物》画册，《醉花吟》《貂蝉焚香图》《渭河春意》吸引了我的目光，画境中那些古装侍女坐时静若止水，立时飘逸舒展如风拂杨柳，动静皆有一种飘逸的神韵。我欣赏着，才发现让人有这种视觉感的除了作者画艺高超外，还因为这些侍女薄纱轻软的坠地的长裙，而她们披在肩上的带子，这种附加的服饰，就营造出了一种生动活泼、婀娜多姿的外形效果。突然想到，丝巾是不是由此演变来的呢？在国人心目中，但凡想象的仙女或者是古代美女，如月饼盒上的嫦娥、敦煌壁画……长虹绚霞般飘逸、妩媚，而为她们增添缕缕仙气的，就是围绕身躯的长长的帛带。

宋人高承《事物纪原》引《二仪实录》云："秦有披帛，以缣帛为之，汉即以罗。"《释名·释衣服》曰："帔，披也，披之肩背不及下也。"（是不是和我们街头常见的披肩很像？）至少在两千三百多年前的秦代，这种帛带就出现在中原地区，我国古代称之为披帛，也叫帔子，是绕于肩上起装饰作用的一种衣饰，披帛材料通常以轻薄的纱罗为之，上面印画各种图纹。还有一种帛巾横幅较窄，但长度多达两米以上，妇女平时将其缠绕于双臂，走起路来，酷似两条飘带，这种长披帛的"时装"，盛行于唐代。自信开放的大唐的女子追求服饰华丽精巧，于是从舞台服装中汲取灵感，借鉴了当时风行的西域舞伎的舞衣。唐朝诗人用"裙拖六幅湘江水，鬓耸巫山一段云"来形容当代美女走起路来摇曳生姿的场景。我想，丝带更是锦上添花地增加了这种美感。

"坐时衣带萦纤草，行即裙裾扫落梅"。她们在外出行走时都在肩、臂上披上"帔子"，遮风暖背。在室内或宫中花园里披上比披子更长的带子——"披帛"绕肩拽地，宛如仙女。到了宋代，女子"披帛"日盛，从皇家贵妇的"霞披"到平民女子的"直披"，披帛已经很普及了。

走过千年，披帛在当今已化身为披风和丝巾。穿行于街头，经常见丝巾缠绕在女人的脖颈、束在腰间、系在飘逸的发中，抑或绑在手腕上、拎包上……丝巾百变的风情演绎着当代女子随性和优雅，也在飞扬之间缱绻着悠悠古风。

进入十一月，西风紧了，秋容空寥。渐变幻彩的细碎花影就在女人的摇摇曳曳中花枝招展般明艳了一派广阔无边的萧索。丝巾系于身上，融成衣服的一部分，寒冬不再凛冽。让所有遇见的目光都变得温暖灿烂。

（原文刊发于 2016 年 10 月 17 日《西安日报》）

小雁塔里禅意深

早年读过清代文人朱集义赞誉雁塔晨钟的诗："噌吰初破晓来霜，落月迟迟满大荒。枕上一声残梦醒，千秋胜迹总苍茫。"这首诗常让我遐想晨曦微露、钟声掠空的长安清晨，宝石蓝的天际彩霞满天，城墙宫阙楼台塔殿以及花草树木都在霞光中醒来的瑰丽胜景，抑或烟尘微雨晓暮晨昏时分的厚重苍茫。

在西安城中有两座古塔——大雁塔和小雁塔，都建于唐，皆名扬中外。

大雁塔位于大慈恩寺内，是唐代高僧玄奘翻译、研究佛经的地方，也是唐代新科进士（文举人）留名之处，即所谓"雁塔题名"。

而"雁塔晨钟"的胜景却是指的小雁塔。顾名思义，小雁塔因比大雁塔晚建五十多年，其形小于大雁塔而得名。

在一个恬淡的午后，终于走进了它。

藏身闹市的小雁塔少有人迹，更无大雁塔的繁华、钟鼓楼的喧嚣。这里流淌的清幽古韵随着竹林、草地、晓渠、湾桥和民俗院落一步一景地安详舒展开来。虽上一脚还在现代繁华里踩着，而心却随着这一脚安静下来。

确切地来说，我走进的应该是"荐福寺"，因为"小雁塔"就坐落在这座寺里。荐福寺曾是唐太宗之女襄城公主和英王（即后来的中宗李显）的住宅。唐睿宗文明元年，为唐高宗兴建祭祀之所而征用此地，最初叫作"大献福寺"，后武则天改元称帝，亲笔题额将大献福寺改称为荐福寺。

荐福寺是我国唐代佛学大师义净法师的译经处。而寺里的小雁塔也是为了存放唐代高僧义净从天竺带回来的佛教经卷、佛图而建。

这就是荐福寺的简要履历。

有言云：大雁塔有名士之气，小雁塔有隐士之风。只有身处其中，才会体会到此句话的精妙。

寺内有殿无僧，没有香火缭绕。这在全国应该是唯一的吧？这里没有香客，有的只是随性而来访古探幽的游人。迈着悠然的步伐，享受着当下的自在。

寺中古木蓊郁，殿、楼、塔、碑弥漫的沧桑安详的气息，使这里处处弥漫着禅意。这种感觉是无可言说的，仿佛只待人的目光轻轻进入，就落入一种时间空茫的安静。"物我两相望"，恍然觉着这里依旧是千年前的长安。

少了塔顶的小雁塔浑身斑驳静默，伫立在两三米高的砖砌台基上。在一派苍郁的绿色映衬下显得沧桑，沧桑中又透着巍然沉稳的气度。小雁塔是密檐式方形砖构建筑，塔身每层叠涩出檐，南北面各辟一门；塔身从下往上逐层内收，形成秀丽舒畅的外轮廓线；塔的门框用青石砌成，门楣上用线刻法雕刻出供养天人图和蔓草花纹的图案，初唐时期的艺术风格就在斑斑驳驳中若隐若现。

站在塔底向上仰望，方形砖檐已有多处破损，走过千年，经历了几十次地震，小雁塔"三裂三合"，塔身却依然不倾不斜。是古人的匠心造就了"有神比合"的奇观，还是佛的庇佑？此时，一阵轻风拂着我的衣袖，义净的背影在脑海里亦真亦幻缱绻流转。

在西行求法诸僧中，名气最大者自然是玄奘。相比之下，义净的西行求法就不似玄奘那么声名远播。与玄奘取经道路"陆去陆回"不同，受玄奘西行的影响义净，走了一条海上求法的道路，是古代海上丝绸之路求法先行者。他是继玄奘之后最通晓梵文的高僧，也是玄奘之后在佛经翻译上取得成就最大者。

我虽不是佛徒，但此时，当我伫立塔下，心中油然升起的一股情愫是庄严安宁的，与心中对佛义的理解是相通的。

我相信，佛义的博大就是包容人性中的卑劣与丑陋，引导人走向自性的认识，从而走向"善"。也因此我所理解的众多的皈依者、拜佛者他们对佛的虔诚也是为了完善人性的一种努力和期待。这也是我每次去寺庙都会不由得会在内心悄悄地对自己的言行、思想进行检视的因由。

摒弃杂念，拾级而上。塔内为空筒式结构，有木梯盘旋向上直至塔顶。光线暗淡，层级越来越矮，猫着腰、低着头扶着栏杆一级一级攀爬，"俯首"的姿态，让心中愈发庄严与肃穆。

到达塔顶，没有了遮拦，阳光从头顶倾泻下来。如果说沧浪之水可以濯我缨，那么阳光之水便可洗濯灵魂，当身心在阳光下摊开，抛却掩饰，被阳光洗濯，心情通透澄澈。在这里，连阳光都载着慈悲。

从塔上下来，遇见异域的游客。有金发碧眼者的由衷赞叹，也有低着身躯，一副崇敬严肃神情的日本游人，尤其是日本游人中的年老者，他们驻足端详着每一处建筑，认真且小心翼翼。他们是在此寻觅自己民族的文化起源吗？

在青石板上慢慢踱步。

寺内多古树，尤以国槐居多。历经千年的风月晨昏，即使有树干已空，枝干分裂的，但也依然虬枝苍劲，华盖参天。凝视眼前这一棵棵已越过千年的生命，心中顿然会生出人生苦短之叹，与一棵古树比起来，个人的生命只不过是宇宙中的一个闪念了。小心地触摸着树干，挺立了千载而无大恙，眼前的这塔、这树让我的心敬而净。

耳旁传来游人敲响的钟声，那钟声锵锵，十分悠扬。虚幻而缥缈，真实而存在，神秘朦胧，如影似幻。就像寺里柱子上的楹联：云深古刹记何年，高耸层云接洞天。听到更残月落里，一声缥缈一声圆。

钟声在西方和东方都与宗教有关。在西方，有教堂的地方就有钟声。米勒的名画《晚钟》描绘的就是一对正在田里劳动的青年农民夫妇，劳动了一天，当暮色降临大地的时候，远方突然传来了教堂里晚钟的声音，他们便站在那里，低着头，默默而虔诚地祈祷。此时，大地一片寂静，只听得见晚钟的声音在空中回荡。

钟，庄重平稳，端正安详，自佛教传入我国后即为寺院中重要的法器之一。我不知道一番游历几许游人生有菩提心，但愿众生烦恼清，智慧长。

我坐在木椅上沐着暖阳，潺潺流水和着啾啾鸟鸣，一切皆自得也。

临别时，回望一眼，塔虽无言、树虽不语，尽管满园的古砖墙已刻上了岁月深深的痕迹，但那徐徐清风，宛若千年的拈花微笑的佛意。

（原文刊发于 2016 年 1 月 21 日《榆林日报》）

生活的修补手

连日阴雨，气温骤降，真是一场秋雨一场寒。我找出去年的靴子，想去做个保养。修鞋店离家不远，就在小区右拐的临街上。

步行过去，沿着交大高中右拐，市井的烟火气便铺展开来。快餐炸鸡店、水果摊、面包房、银行、药店、洗衣店、美发店……人头攒动，便利店门口的摇摇车循环地唱着童谣。修鞋店就在便利店旁边。平时，带着护袖、扎着皮围裙的修鞋匠在柜台里专注地埋着头，手工或者小机器上哒哒哒地飞针走线。鞋匠媳妇则是坐在门口给鞋子擦油保养。

还没踏进店门，就听修鞋匠对顾客说，"如果你非要明天取，那你去别人家修吧，我不会为了赶时间凑合"。我忍不住想笑，这个犟师傅，几年来脾性一点没改。

五年前，我搬来小区时，这个修鞋店就已经在这里了。每次买了高跟鞋，为了避免走路有咯噔咯噔的响声，我都会在未穿前给高跟鞋换一副橡胶"鞋钉"。

记得第一次寻到这里时，就看到鞋匠师傅和顾客争论过，他严肃的认真劲儿，让顾客一时难以接受。我望向这个五十岁左右的修鞋匠，中等身材，额头宽阔，眉骨突出，一双眯起的眼睛深邃严肃，唇上刷子一般的小胡子，又增添了劲悍的意味。

"那好吧！就听你的。"顾客有些尴尬，放下鞋讪讪地转身走了。

我把鞋递过去，趁着他换"鞋钉"之时，环顾店内四周，小店十平方米左右，一个玻璃柜台将小店分开了两个区域，柜台里有修鞋机、铁脚撑等工具。挨着柜台外侧是一对沙发，沙发对面是通顶的五层鞋架，鞋架上整齐摆满了如新的鞋子。头顶两排晾衣竿上面则挂着色彩艳丽，有着柔润光泽的皮衣、皮包。许是周末的缘故，不停地有顾客来修鞋、取鞋。其实，不需说，从他娴熟的动作和说话头都不抬的专注里，我能感受到他的一丝不苟和高超的技艺。真正让我赞叹他手艺的是，有一次，我买了一双银粉漆的鞋子，刚刚穿了两天，鞋尖就蹭掉了银粉。我抱着试试的心态拿到店里。他拿起鞋，眯起眼，左看右看，然后说，"这个工艺复杂，修复时间会长一点，也贵一些。"我有些担心地问："真能修复得一模一样吗？"

"我只接能做的活！"他说话的语气很坚定。

两周后取鞋时，看着如新的鞋子，我非常满意，忍不住和他聊了起来。原来，他十二岁就到制鞋厂当起了学徒工，二十一岁那年工厂倒闭了，他就干脆以摆摊修鞋为生了。他熟悉制鞋的流程和工艺，懂得皮质的特性，一整张皮，怎样的褶皱，怎样的弧度，针线哪里多哪里少，手底下要拿捏准，等到做出来，这样的鞋子才舒服合脚。他说，只有懂鞋，才能把鞋修好。一双鞋关系到走路，鞋子穿不好，是会腰酸、膝盖痛的。

鞋匠师傅见我进来，招呼我坐下，并指着地上一堆鞋子说："年龄大啦，忙不过来了，真想收几个徒弟。"

他说学徒最好是残疾人，他不收学费，还提供食宿，他就想把手艺传给他们，让他们靠手艺吃饭，生活得也有尊严。他的话让我感动也敬佩。

其实，修鞋是极具生活情怀的行当。有一次见他正在修一双已经开口变形严重的男士黑色皮鞋。他一如既往地认真，针线在鞋上穿梭，如同洞穿一层层苍老易碎的生命。我突然明白，这一针一线缝补的是生活的苍凉和辛酸，也或许是在缝补一段往事，延续一份情感。

修鞋保养，看似微不足道却不可或缺。中国自古便有勤俭持家，惜物聚福的美德，生活中的修补是门手艺活。它维护着无论是在艰难地狂奔，还是霓虹灯下行走，鞋子的重要性不言而喻。

履地如新。手工的温暖从脚下袅袅缠绕，拂去沧桑和尘埃。满心都是"合当如是"的坦然。

一直陪伴身边而被忽视的修鞋行当，是生活的另一种温情。

（原文刊发于 2020 月 11 月 19 日《德州日报》）

书语润心

喜欢在睡前看上一小段书，仿佛只有这样，才能给一天的结束打上一个踏实安宁的记号。

小时的我却不爱读书。四岁时跟着哥哥姐姐念《三字经》《弟子规》《唐诗》……我不时地用眼睛偷瞄正襟危坐的爷爷，感觉时光难挨。我总背不过，爷爷并没罚我，但看到哥哥姐姐背不过的后果（罚站），"自尊心"却让我很自觉地站在墙边的角落里。五岁那年我们举家从东北迁回西安。刚来听不懂陕西方言，也没什么玩伴。初尝孤独滋味，每天就是翘首盼哥姐放学回来。

一次姐姐从同学那里借来小人书《大禹治水》《丑小鸭》《将相和》，晚上我俩在被窝里交换着看。如果说"大禹"给了我丰富遐想的快乐，"丑小鸭"却让我知晓了不被接受的痛苦。我不停地用被角抹眼泪，我听不懂爷爷讲的经史子集，却在那个夜晚，第一次因为"书"掀起了情感的浪花。

生活稳定下来，哥哥就偷买了古龙、金庸的武侠书。白天跟着爷爷"之乎者也"，不明所以；晚上跟着姐姐偷看《射雕英雄传》，虽读得囫囵，浮光掠影，可笨郭靖的"忠义、善良、爱国"让体弱、愚钝的我竟对爷爷讲的礼义仁智信不点自通了。这不同层次的偶合，竟打开了我的精神盛宴。

跟着姐姐驰骋在有诗有词、有酒有剑的快意江湖里，不亦乐乎。那时最爱做的就是用柳枝编个花环带头上，把纱巾披在肩头装扮成神仙姐姐，床单披在身后在脖前绑个结，又变身为侠女霍青桐。

我读书随意，由着心情。在迷上席慕蓉、三毛的那段时间里，诗中的相思离愁淡淡轻轻，有种静态的美丽。而三毛的出现，恰似对青春梦想是一种成全，在三毛笔下的万水千山走过，我的心情乐乐悲悲，思绪飞飞扬扬，眺望天边飘逸的云，用我流淌的情绪写着小诗。

读书是一个不知不觉的过程，我因为读了第一本国外小说《简·爱》，而迷上了《飘》《复活》《红与黑》《巴黎圣母院》……虽然地域、时代不同，但故事里表达的人性、爱情却是共同的。

"青梅煮酒论英雄，大观园里探春秋。西游经磨历难修正果，梁山英豪忠义凄。"手指一页又一页地掠过书边，心里的泪噼里啪啦地就砸了一地。我们只是一个看故事的人吗？

书里去处多。翻开封页，风云尽入眼底。乾坤星辰、万水千山，科技、趣味万花筒……人在斗室，心在各处飞，在柳暗花明的意境里，缓缓地驶入烟雨江南、大漠雪山。方寸书卷之上，蕙、兰、芷、荇之花摇曳而来，仿佛在述说着古人的笑语往事。蒹葭还在时光中朦胧，伊人在水一方，在东隅桑榆之间，暗香四溢。读一点，记一点，写一点，这一路的风景都能在我翻得卷了角的小本上找到成长的足迹。

女儿今年十一岁，每晚看书成了习惯。我天天都要催促她关灯睡觉，而她总是央求："妈妈，我就再看十分钟。"想起她上一年级刚开始无拼音阅读时，太多的"生"字，磕磕绊绊，女儿也不爱读。我就把买来的书一目十行地扫过，判断女儿不认识的字，就标上拼音。这样，这样女儿在阅读时不会因为"生"而读不下去，而一旦顺畅地读下去，她也很快就有了兴趣。现在女儿早已会了查字典，"生"字已经不能阻碍她徜徉书海了。

已是四十，不敢说自己不惑。但是读书，却真的让我更宽容地理解这个世界的复杂，从容面对。

忙碌之余，手捧一本书，我竟有种怀旧的感觉，少年时光的心情悄悄眷顾，拿起笔，纸上的回音"沙沙"，多么温情！

（原文刊发于 2017 年 8 月 14 日《西安日报》）

生命中的微光

客厅博古架上的吊兰又抽薹分枝了，碧绿碧绿地向前伸展着白色娇小的花瓣，小巧玲珑的花蕊，在那嫩黄色细枝上摇摇欲坠，一朵、两朵……几株坐落窗台的吊兰也清一色的绿意盎然。

窗外落叶萧萧，屋内吊兰葳蕤，我细心地给这些花浇水，不由得想起一位卖花奶奶。

十年前，在体育馆南路的外贸家属院门前不远的树下，有一位老奶奶摆的花摊：吊兰、虎皮兰、芦荟、长寿花等，都是非常普通的花。花很普通花盆却很特别——酸奶杯、奶罐、剪开的饮料瓶。而这些所谓的花，也只不过都是在酸奶杯里、饮料瓶里的一棵棵小苗苗，孤孤单单的。老奶奶静静地坐在树下的一个小马扎上，脚边就随意摆着这些"花"。

我在附近上班，中午回家经常走这条路。开始也不知道那花是卖的，因为这简陋的"花盆"更让小花苗像一株小草，我以为，那是老奶奶在给新栽的花苗晒太阳。直到有一天我经过时，她问我买花不买，才知道原来这是老奶奶的花摊。

这些花价格一两元、三四元价格不等，最贵也不会超过十元。掏了两元钱我就拥有了一株吊兰、一株紫色鸭跖草的小苗苗。老奶奶用一个小塑料袋将两个酸奶杯装好递给我说，它们长得快，回到家可以换大一点的盆。

回到家我把它们从酸奶杯挪到花盆里就放到了阳台上。没想到，一段时间过后细长嫩绿的叶子竟跃出花盆，长至及地。

从那以后每一次经过那里，老奶奶都会热情地招呼："来了，姑娘……"我不一定每次都买花，但常会随意地聊两句。我问："孩子们呢？"

她很淡然地说："现在就剩我一个人啦。卖花只不过是因为退休无聊。一个人坐在树下看车来车往、人来人去，要是哪天有个一元两元的、三元五元的收入，就很开心。因为有人和我说说话……"奶奶温和地笑着，将一个人内心的孤苦都化作了面孔上的慈祥。我心中微微一颤，不知说什么。

以后每次经，过打招呼、看看花，聊上三两句，就成了习惯。有时也会碰见有顾客买她的花，她总是交代：花长得快，可以回家换个你喜欢的盆。然后望着离去的背影好久。我不知道她在望什么。

人影远了，老奶奶终于说话了，"有时我也会想，这花被不同的人买去，也就有了不同的命运。我知道能买花的一定都是爱花的人。无论谁买，它们都比现在强，不至于待在酸奶杯、饮料瓶里。"老奶奶望着我自嘲地说。"如果遇到懂花的人，换成雅致的盆也许变成书桌上的清供，那就是难得的造化了。我每卖出一盆，都会望着离开的身影，坐在我的小马扎上揣测它们的命运……"她看我听呆了，"姑娘，等你多经历经历生活，就会发现万物一理"。

一次，老奶奶让我去她家。随着她没走几步来到一个老式家属院的一排平房前，推门而入，我就看见高低柜上一大盆吊兰，漫满了整个花盆，粗壮的匍匐茎上长出一簇簇带有气根的小株吊兰，吊悬空中，蓬勃翠绿。眼神四顾，栽满吊兰的大大小小的"花盆"便摆满了房间角角落落，窗台上盆栽金橘树全身挂满一颗颗金蛋跳跃着太阳光，明媚了整个简朴的小屋。

屋里陈设简单，干净整洁。八九十年代的大立柜、木桌椅凳似一段定格的光阴。我没有感觉到暮年的死气沉沉，却因为这蓬勃的绿意，灿烂的金光，有种说不出的岁月悠长。

转眼就到了中秋节。节后上班我照例经过那里，她热情地叫我："姑娘，给……"

我看见她竟然用纸巾包了两块月饼递过来，"我做的，尝尝好吃不？"

我捧着月饼，一股暖流在心中涌动。人，可以不必相熟相知，但只要是赋予真诚，也会互相温暖。

后来，天冷了，不见她出来了，可是等来年天暖和的时候，竟再也没出现。我找到那个平房。一把锁锁住了过往的温暖。这把锁也告诉我，一个实实在在的没有任何虚化的尾声。

后来每次再经过那里的时候，就觉得那棵树下特别空。车依旧川流不息，人依旧络绎不绝。我的心也像那棵树一样空空落落。

吊兰生命力极强，不需要特别护理。现在已遍布了家里的各个角落。

我站在窗前，久久地看着窗台上的那两盆吊兰。花虽无声，却是无声胜有声。

或许身边人、身边景都是自来自往的天意。而这些无数天意的瞬间在我们的人生长河中流泻着微光，让我们回首的时候，内心蓄满暖意。

（原文刊发于 2017 年 11 月 27 日《西安日报》）

暑假里的读书声

前几天母亲打来电话，"天热，你要注意身体……"握着电话，我喉咙一下哽住了，"嗯"我答应着，近两年由于孩子周末、假期补课，回母亲家的日子屈指可数。"我知道你们都忙，不必回来看我，打打电话说说话，我就放心你们都好着呢……"我用手背抹着眼睛说："我们都好着呢，放心……"挂了电话，我为我长期以孝顺自居而惭愧负疚。

我给哥哥姐姐打了电话，相约周末回家看母亲。那天吃完饭我们喝茶聊天，母亲说她不知怎的经常想起过去，想起我们兄妹的童年往事，说起哥哥小时下河摸鱼挨爷爷鞭子，姐姐逃避爷爷"书法课"偷懒装肚子疼，又说起我给她"读书"，读得比收音机还好听……母亲笑着说着，而我们，隐隐听到了母亲话里的落寞哀伤。

如果母亲不提，我都忘了。那个年代，母亲不管干啥的时候都爱听收音机。五年级暑假，我看母亲拆洗全家人的被褥没听收音机一问才知道收音机坏了。刚好书架上有一套《李自成》我想看了很久，就自告奋勇给母亲念。

每天缝被子前，母亲会将绿豆汤放在凉杯晾着，西红柿去皮切片洒上白糖腌在白瓷盘里。电扇的大脑袋左右摇摆着。针线穿梭，一床一床棉被缝好带着特有的洗衣粉香味被叠成蓬松的豆腐块放到大立柜中，我也一页一页读得津津有味，有时也会将书页中的彩色插图给母亲看，"李闯王、高夫人、李信、红娘子……"读累的间隙我喝着西红柿汁或是绿豆汤，看一眼窗外梧桐树洒下斑驳树影，知了此起彼伏唱着歌，而头顶的蓝天成全着日子的闲适。

《李自成》上中下三卷，每卷三本，被子缝完了，只读完了上卷。母亲接着又给爷爷做起了夹衫，给我们姐妹做裙子……缝纫机声踏踏，我的书声琅琅在那个暑假和着蝉鸣直至暑假结束。还有三四本没读。后来，我是什么时候把剩下的那几本看完已经不记得，总之我没有给母亲再读。

我从没想过，我的朗读到底给母亲带来了多大快乐。她不识字，仅会写的几个字也是父亲手把手教的，而在我们心里觉得母亲似乎就是照顾好爷爷、照顾好我们，竟从没有想过她的精神需求。

那个暑假似乎就在眼前，母亲的头发却几乎全白了。而回忆撩动起那触手可及的余温让我们不由得检视现在的生活：中年太实际、太匆忙，对孩子太细致，对父母太忽视。

父亲已经离我而去，母亲一天天在衰老，而我也要从现在起用行动来弥补母亲的爱。愿我们不要以忙碌为借口，常回家看看。

（原文刊发于 2018 年 8 月 19 日《三秦都市报》）

微醺，西安

持续多日的高温还没有退去的意思。此时此刻，一泓清凉碧水最能吸引人。吃过晚饭，我们一家三口和表姐向南骑行了十分钟，夕阳下的南湖就带着柔媚恬静在眼前铺展了波光潋滟的浩渺。

"绿树荫浓，流水生风。"当一抹清新水润透过肌肤直达心底，只感凉意顿生、惬意浅漾。散步的人不少，都没了白日里的匆忙。连小步慢跑的人，都是放松下来的闲适。爱人和女儿开始健步走，我和表姐便迈着小步随意走着。

"汉城湖、昆明池、浐灞、南湖……西安现在从东西到南北都被水包围了，"表姐说。我补充道："城里还有玉带环绕呢。"我俩会意地笑了起来。

二十多年前，远在东北的表姐慕名来到西安，我便趁暑假带她将西安的知名景点转了个遍，兵马俑、大雁塔、历史博物馆、半坡遗址、华山……临走的前一天晚上，当我们站在城墙上俯瞰，我不知道她心中会有怎样的感慨。贾平凹在《西安这座城》中写道："独身站定在护城河上的吊板桥上，仰观那城楼、角楼、女墙垛口，再怯弱的人也要豪情长啸了。"没想到，没等来她的豪情长啸，等来的却是一句"我微醺"。看她的手轻捏着鼻子，眼光落在一弯黝黑的护城河上。有一两秒钟的尴尬，我俩就忍不住地笑了，风很配合地送来阵阵臭气，我捶着她的肩膀说："微醺，你真会比喻……"回来的路上，表姐说，在西安不用刻意寻找，历史就很自然地弥漫在周围，让你感觉不到敬而远之的生分。她非常喜欢这里一字一器、一砖一瓦里的文化，以及信手拈来的文史典故。只可惜这里无水。

　　表姐说西安无水是有理由的。从生活上来说，表姐来的那几天就见过一次消防车拉水用于居民生活。从景观来说，我只带她去过兴庆公园这一处有水的地方。当我们去骊山经过浐河、灞河时，面对垃圾如山的河滩，瘦水一泓，还被非法采砂挖的沙坑分离成一段儿一段儿。尤其是面对两岸柳踪绝迹的灞河时，我们都知道，灞河承载的诗意、别情只能在诗中探寻了。

　　探访了雁塔题名，我们又兴冲冲地寻找曲江流饮。当我们看着成片的"青纱帐"以及破旧凌乱的村庄，看到小时游玩的春晓园竟然也被隔以高墙，心里分明感到时光的苍凉。大唐盛世的繁华，只剩无可捕捉的背影。

　　此时此刻，谁能想象，眼前的这方水域——南湖（曲江池遗址公园）就是我们当年探寻过的曲江流饮？现在南湖与毗邻的寒窑遗址公园、秦二世陵遗址公园、唐城墙遗址公园，形成了面积达一千五百亩的城市生态景观带。距家咫尺，举步就来。

　　二十多年前，我家附近没有公园，又远离河流。散步都没个去处。夜晚闷热无风，我俩就坐在院子里的花坛边，一人摇一把蒲扇。表姐说，一把蒲扇在手，就像摇着原野之风，可是再摇摇，似乎就有了老奶奶般的慈祥，摇着时光。月光之下的表姐，很静很柔。

　　那年，表姐走时，用"微醺"这个词含蓄幽默地表达了对西安的遗憾。我也因为"微醺"有了小小的介怀。

　　表姐走后的第二年，护城河清淤，环城公园改建。后来，当我以护城河为背景拍了一张临水而立的照片寄给表姐后，她特意打来电话，说很期待西安的变化。

　　大明宫遗址公园全球有奖征文活动时，我就迫不及待地告诉她，西安马上又多了一处访古之地，并把载有《大明宫遐思》的《西安晚报》寄给她。

城市运动公园建成后，我绕着湖边漫步，给表姐打电话，说你若再来，只隔着一条马路就是我们晚上散步的好去处。表姐被我的真诚感染，也被西安的变化吸引，她说有时间一定来。

西安世园会盛大开园时，我顶着四五个小时的烈日，将眼前的美景尽收镜头，在电脑发给表姐，俏皮地说："水浩荡荡兮，尔心之所向乎？"我再一次邀她来西安。她只说了句，等有时间吧。简短的几句话，我读到了她的疏远。听舅舅说，婚后表姐过得不好，不只是和我，而是和所有人都疏远了。

最近得知表姐离了婚，我再次邀请她来西安，我说，西安的变化你意想不到，表姐竟然答应了。

再见表姐，我们玩山转水，徜徉在西安的大绿大水中。我从她逐渐舒缓的神色中看得出她不动声色地感动。

有蛙在鸣，一声两声地从芦苇里传出。眼前亭台楼阁、雕塑壁画、翠竹绿柳……涓涓不息的水韵和灵气氤氲出一派祥和。"我微醺！"表姐深深地吸一口气，眨着眼对我说。"老子说水至柔，你看，无论是自然、还是人为赋予她是何种形态，她都是以最美的形态示人、示万物，并没有改变自己的本质。就像人，不同的人有不同的命运，关键是你用什么态度面对。"

我欣慰地看着她，二十多年的时光荏苒，从此微醺到彼微醺，西安的环境越来越美，我们也从少年到中年，经历人生种种。

天色逐渐暗下来，月亮缀在瓦蓝的夜空。再看南湖，盛着一颗好大好圆的月亮。李白有"莫使金樽空对月"的诗句，那么我呢？

怕是只有用一颗卸下重负的心，来真诚享受这段时光。夜未央，人依然熙熙攘攘。

如果说复兴是历史给西安出的新考卷，那么改革开放则成全着这座城市"和平合作、开放包容、互学互鉴、互利共赢"的丝路精神，践行着对这片土地上的百姓长治久安的千年的承诺。

西安，一直都在前行的路上。

（原文刊发于 2017 年 7 月 20 日《西安日报》）

水仙花开

进入腊月，土气凝寒，萧然成了季节的主题，愁颜者为之鲜欢，日子两点一线，生活也极简了。是日在下班途中见一卖花小摊，一眼瞧见白塑料盆里的水仙鳞茎，驻足买了几棵。归家后，找出去年的青花瓷钵，洗去瓷钵上的灰尘，把水仙放进去，注了水，放在了沙发旁的方几上。水仙叶子仅两三寸长，还算不上青葱，然心中还是生满喜悦，为不久就可见的芳华。

我有水仙情结，这是我在爷爷离世后才发觉的。

爷爷一直有养水仙的习惯，大抵艰苦岁月，水仙便宜好养。我至今记得一日从外面玩回来，妈妈告诉我爷爷房里的水仙花开了。手脸未洗跑着推开爷爷的房门，看见爷爷坐在沙发上一手持碗，一手用盖儿抵住碗沿吃茶。与爸爸用那个白搪瓷缸大口喝茶不同，爷爷一小口一小口呷着，我第一次被爷爷的气定神闲打动。摒了气去看茶几上的水仙：金盏银台，碧绿青葱。多年后我忘记了陋室摆设，但记住了水仙、盖碗茶。

爷爷养水仙很有耐心，每次水培前总是先将老鳞茎皮和老根剥离干净，然后放入笔洗中，加水至水仙球茎一厘米左右，置阴凉处，隔天换水。水质新鲜，根也就洁白漂亮。岁暮养在水里，只见得细长的叶子慢慢地蹿出几个花苞，没几日花便开了，幽幽清香，年也到了。

水仙花开，过年的心情更迫不及待。果然，烹炸的香味满院飘香，年的脚步飘然而至。对孩子来说，过年就是最甜蜜无忧的日子。水仙，只不过是过年的"预报"。

爷爷的水仙年年如约而开，我却从没养过。爷爷去世后，养水仙反倒成了我自然而然的习惯。每次侍弄水仙，总想起爷爷说水仙是一种最需要闲情逸致去养的花。不知什么时候竟也贴合了我的心境。

有了花也便有了暖。"得水能仙天与奇，寒香寂寞动冰肌。仙风道骨今谁有，淡扫蛾眉簪一枝。"水仙没有春花荼蘼之艳，只有清丽之姿。犹如绝尘白衣仙子凌波而来，冬天的心，不由得在瑟瑟深寒里变得温润，在心底里化开出一片美好的怀想。

水仙球茎以清水滋养，品性芳洁、气质清雅，很符合中国传统文化的审美，所以古往今来爱水仙者众。而李渔更是曾言："水仙一花，予之命也。"

李渔，文学家、戏剧家。一生跨明清两代，饱受战乱之苦。靠卖诗文和带领家庭剧团到处演戏维持生计。有一年李渔实在经济窘迫，但还是要坚持购水仙过年。家人说，一年不看此花，又有什么啊？李渔道："我宁可折一年的寿，也不能少看一年的水仙花！"于是家人只好变卖首饰给他换了水仙花来。

如果你看过李渔的《闲情偶寄》，便会明白他近乎矫情的"癖好"。他那带着点狷介，带着点疏离，带着点孩子气的自得其乐，又带着点沉浮于世间各色阅历的烟火气文字，让我们领略世相生活的同时，也懂得了李渔式的苦中作乐。我羡慕他的心境，浮生里，体味他的那句"花肥春雨润，竹瘦晚风疏"。他对生活细节的有趣追求，都是灵魂层面的细微延展。生活的美好不在"远方"的海市蜃楼，只在自己当下一点一滴小事的心态上，透过一颗七窍玲珑心，生活才有乐趣。

人生百态，意义千般，使人颓废的从不是苦难，而是精神的空白。那么水仙在爷爷眼中呢？是我此刻的心情吗？

青叶摇落，人心也自然缓了下来。周末窝在家里，泡一壶茶，坐在阳台上看窗外不知名的树，凋了叶子，细枝末梢在阳光下繁复地伸展，落成天幕上镂空的线条斑驳着日影天光。动和静悄悄衔着，天空无限高远，意蕴无限延展。有人说过，当华美的叶片落尽，生命的脉络才历历可见。原来心态一旦平和，冬日便呈现耐人寻味的境界，天地由丰到简，就像一笔笔淡淡的素描，淡成了一幅幅真实的人间素描——清简、隽永。阳光洒进屋子来，我站起给水仙换水，心想冬日天寒地冻，有一颗闲心侍弄出一个春天那是多美的事呀！

又一个春节将至，我用一颗清静的心期待着水仙花开。

（原文刊发于 2019 年 2 月 2 日《西安晚报》）

我家的年

儿时，一到腊月二十九，过年的氛围已经很浓。空气中飘来烹炸的香味，手心里也握了几块水果糖。母亲边给我们姐妹发糖边塞进我俩的小嘴里，交代从现在起不许说不吉利的话，端碗持杯要小心，不许打破……甜味在舌尖漾开，小脸也漾开一朵花，自然乖巧地答应。

大年三十父母在厨房忙碌国人情怀中最重要的团圆饭。为了这个团圆，外出的家人或子女都要赶在除夕前返回家来，与最亲近的人共聚天伦。也因此这顿团圆饭菜品也很有讲究：鸡鸭鱼肉，样样俱全，至少要保证十个菜品，取"十全十美"的彩头。

爷爷在房间挥毫写春联。在饭菜上桌前，爷爷带着我们吟着"斗柄星光已回寅，桃符户户又重更……"春联、大红"福"字也贴好了。

打开了平常不用的大圆桌，杯盏碗盘蒸汽腾腾。陈酿启封，家人按长幼齐聚落座。据说，年三十这天饮酒可以驱除恶秽之气，长命百岁，所以在我们家小孩子也是要饮一点酒的。当我也学着大人样举着小酒杯碰杯，迎接庄重又温馨的"年"时，心中把母亲交代的禁忌在心中又回转了一下，怕说错话"年兽"咬我。推杯换盏，两三个小时的团圆饭吃完，天也快擦黑，灯笼挂起来，所有的灯也都打开，橘黄的灯光倾泻在角角落落，我和姐姐如在月宫行走，恍惚着，美妙着。

母亲在厨房包饺子。

那饺子真好看，弯月形饺子边上还带着细密的褶儿，被母亲一个个排队码放在圆圆的苇秆盖帘上。

母亲年三十包饺子的规矩，是要从盖帘外缘一圈一圈挨着往里放。到中间的圆心，用两片饺皮包一个圆圆的"馅盒子"放进去，这样，一盖帘饺子才算收拾停当，谓之"圈福"。

这顿饺子她包得极其认真，而馅料也要比平时多加一样——橘皮。用来做馅料的橘皮要放在水里浸泡一个小时，然后切丝剁碎拌饺子馅里。加了橘皮的饺子入口有一股清香，为啥要加橘皮呢？一是因为年三十的团圆饭丰盛，加了橘皮助消化；二是因为橘皮芳香的味道，寓意除"晦气"。

等到临近晚上十二点父亲在窗外点燃的鞭炮"噼噼啪啪"响起，母亲的饺子也"扑通、扑通"下锅。即使肚子不饿，母亲也会逼着你吃两个饺子（更岁交子，吉祥如意）。吃完饺子，父母会给"压岁钱"，母亲把钱装在我们新衣服裤兜里，小心地用针线缝上，并告诉我们，这个钱叫"压腰钱"，可以镇住邪祟，要等过了正月十五才能拆开。看着缝好了被扁扁正正叠好放在床头新衣，想着明天穿上这漂亮的"铠甲"，就啥也不害怕了。

灯一夜长明。初一早上人还迷迷糊糊中被母亲穿上新衣，头发蘸了水梳的溜光，扎上红绫子，额头点了红点，就被领着给爷爷磕头，姐姐嘴甜："孙女给爷爷磕头啦"，我和姐姐一起跪下去，掌心向下，额头轻触地面磕三下。爷爷说："起来吧。"起身站立，恭敬地接了爷爷的红包，紧跟着就又到了饭桌上——新年第一顿饺子很特殊：馅料里藏了壹分硬币（财源广进）、大枣（好运早来）、花生（健康长寿）的饺子各一混下在锅里，看谁能吃得到。经过团圆饭、年三十的饺子，其实到这一顿，馋虫早被安抚，胃口也大大减弱，可是又希冀着自己有这份"幸运"，总是撑着肚皮吃。

初五也必须吃饺子。那天，父亲黎明即起，点着鞭炮从门里边放边往外走，母亲也将从年三十到现在堆到角落的垃圾打扫出去。这边打扫完毕，鞭炮也从屋里响到了屋外，末了，再放一只"二踢脚"，将一切"污秽"的东西都轰出去，"穷气、穷鬼"也给赶跑了。有句谚语：初五捏上小人嘴。因为包饺子时，要用手沿着饺子边一下一下捏。这天吃了饺子可以规避周围谣言中伤，以图吉利。也提示人们自己谨言，不口舌是非。饺子上桌，不说话规规矩矩地吃完，母亲还要交代一句，今天别去邻居家串门。

随着父母走亲访友拜年，街坊邻居碰面也喜气洋洋地祝福："过年好！"我发现"过年"让孩子们开心得无以言表，让大人们也换了平日的面孔，充满了精气神。

什么是过年呢？

其实我觉得过年就是辞旧迎新。辞的，是昨日的种种晦气，迎的是希冀。我们用这些"讲究"，把自己过日子的心气儿高高扬起来，迎接未来的生活。

（原文刊发于 2018 年 2 月 7 日《西安日报》）

完灯礼

在时常召回的童年记忆里，有关灯笼的记忆占了不少份额。

当过年的大红灯笼在门宇间亮起，当我挑着垂有长长丝穗的灯笼在院子迈着碎步时，厨房的炉子正发出温暖的、诱人的声响，父母在油烟、蒸汽中忙碌的身影，都代表着已经开启了一段美好的时光——过年。

物资匮乏的年代，火红的灯笼高高挂起，期待美好生活的心劲儿也就高高扬起了。这是灯笼给我广义上的内涵。

但我从没深究灯笼具象的意义，直到今年过年期间参加了一位渭南亲友为孩子举办的"完（全）灯宴"，才道陕西关中还有这么一个风俗。我也终于知道歇后语"外甥打灯笼——照旧（舅）"的出处了。

看来，在陕西的关中地区做舅舅，要比别的地区的舅舅们多承担一份责任。

据了解，在陕西渭南、蓝田地区，女儿出嫁有了孩子的第一个春节，娘家舅要选择在正月初二到初八中的一天，给外甥（女）"送灯"。送给孩子的灯笼不能太大，以便于孩子提携。孩子们从初二开始挑着灯笼玩耍，以示来年"照舅"（照旧），茁壮成长。"灯"年年送，直到小孩十二周岁为止。娘家舅最后一次给孩子"送灯"，即"完灯"或"全灯"，也是最隆重的一次送灯。

当亲友牵着他的女儿站在台上，感谢感恩所有关心呵护她健康成长的长辈，祝贺孩子将进入斑斓的少年时期，告诉孩子这是她人生重要的一个节点，除了好好学习，必须学会肩负起社会和家庭的责任；当孩子的舅舅上台拥抱孩子并送上了最后一只灯笼和一个笔记本电脑，并嘱咐孩子好好学习，祝福她前途光明；当孩子手拎着灯笼发表感恩当下，期许未来的感言；当孩子讲完话，他的父亲领着她给每一位亲友敬酒……

坐在台下的我，感慨万千。我想，当一位父亲领着孩子给人敬酒的时刻，在形式上，孩子已经从一个家庭中被呵护的孩童角色到转换到家庭责任、社会责任的社会角色，或者说是一种提醒（过渡）。让孩子意识到自己已经脱离童年，自立起来，摆脱依赖心理。在内涵上，有利于增强孩子的成人意识，明确身上所要肩负的使命，强化孩子的责任感。

成人礼古已有之，在古时，汉族男子满二十岁时行冠礼，即加冠，表示其已成人，被族群承认，可以娶妻。女子则是在满十五岁后行笄礼，及笄之后可以嫁人。成人礼这个仪式就是提示他们从此将由家庭中毫无责任的"孺子"转变为正式跨入社会的成年人，只有承担成人的责任、履践美好的德行，才能成为各种合格的社会角色。通过这种仪式，可以正视自己肩上的责任，完成角色的转变，宣告长大成人。这个传统从西周一直延续到明朝。清朝入关后，统治者一纸令下，终结了绵延了几千年的成人礼。那么这样看完灯的内涵不是和古时的成人礼的含义不是一脉相承吗？

中国的灯笼，不仅是用以照明，它往往也是一种象征。

灯，吉星高照之意，在中国，"灯"也有"丁"的含义。给出嫁的女儿送灯，看作以'添丁'为主题，以灯为主要象征物，意味着人丁兴旺。给孩子送灯则意味着健康成长，前程光明，幸福美好。席间一位老者对此风俗的解释为，由于古时自然、战争、医疗等因素，不少小孩会夭折，舅舅给外甥一般送莲花灯、麒麟灯、石榴灯、长命富贵灯，都表达了"人丁兴旺"的祝愿。每年送灯，祈求小孩平安健康成长，是家人心愿的一种寄托。为什么选择十二岁完灯呢？因为在古代十二岁已算少年，不易夭折。

随着社会的发展的进程人们思想观念的转变，也因了消费水平的提高，现在舅舅的送灯笼不再只是灯笼，而是电子玩具灯或者是学习用具。而不变的是舅舅给外甥送"灯"指路、送到十二岁的原则和本真，舅舅疼外甥送来的希冀和愿望。

综观中国的民俗，虽然全国各地差异很大，但在吉祥方面的追求是一致的。民俗中的辟邪、祈福的特点都带有浓厚的目的性、教育性，而在当今回味起来则是浪漫性、神秘性、趣味性、文化性的叠加。

我认为这就是民俗传承的魅力。

（原文刊发于 2019 年 8 月 26 日《西安日报》）

四叔

面对命运，我们也许是逃兵，也许是将军。

我是从姑姑口中知道四叔故事的（四叔是姑姑的小叔子，排行老四）。而我之所以要用我拙劣的笔拼凑起四叔的爱情故事，是因为这个从红色根据地走出的后生演绎的新生一代陕北人的英雄主义。

四叔和四婶是大学同学。嘻嘻哈哈的四婶每次考试总考第一，学习刻苦的四叔总考第二。对于在之前总考第一的四叔来说，就暗暗加了一把劲。当又一次公布成绩时，四叔还是第二。他偷偷地望过去坐在第三排的四婶，正碰见一双笑笑的眼睛，她也正侧扭着头望着他：那眼神里似乎他暗中较劲她都了如指掌，又似乎你努力又如何……笑意里藏了一点微微的挑衅。

那一次的对视，暗生的情愫在他们的心海里缠绕了一场春暖花开。

大四那年，四婶莫名的浮肿，被诊断出肾病，医生说因为这个病她这一辈子都不能生孩子。面对突如其来的病痛，四婶提出了分手。

四叔最要好的同学悄悄对四叔说这也好，她提出了分手……

四叔说："滚！"

长兄如父。四叔找到姑父，不等姑父表态，四叔说："我今天就是通知家里的，不管家里人同不同意，我都不可能把她扔下不管的。"

后来听姑姑说，四叔离开时姑父望着四叔的背影说："真的是个汉子了……"

四婶全身浮肿、头发几乎脱光。兼职家教还要悉心照顾四婶，四叔形容憔悴。

　　药气弥漫的医院时光难挨。四叔就给四婶讲他小时拉磨因为看书被驴偷吃磨盘上的豆子而挨打，因为学习太晚被没收了煤油灯，讲在山坡坡上放羊，眼睛越过沟沟坎坎、层层土塬，他的心怎样在想象中的大山外面奔跑……

　　四叔握着四婶的手，指着窗外说："我还要带着我的婆姨看世界呢！"

　　经过透析四婶痊愈，痊愈后四叔和四婶举行了婚礼。

　　经过考验的爱情总能让听者入戏，在心底掀起千层浪花。虽然那时我还不认识四叔，故事也就是这么三言两语。

　　因为出差我要去上海一周。姑姑提前给四叔打了电话接我，在车上我偷偷地看四叔的侧影，温和儒雅，沉稳内敛。

　　四叔家有一壁橱书，我取拿频繁，四叔说："你很爱看书呀！"由此，从我看的书开始，我们聊了起来。我虽然很想听他和四婶的故事，但还是不敢冒昧地问。我站在书橱前指着书橱里的一大摞相册问："这些相册可以看吗？"

　　"可以呀，都是一些老照片。"

　　打开相册，大学期间的四婶甜美可爱，笑起来有一颗小虎牙。而婚宴中微笑的四婶因为治疗期间使用激素，虚胖的身材看起来像一个温软的大面包。可每一张照片都能看到溢出来的幸福，弥漫着。有一张合影，四叔骑着自行车带着四婶在田间的小路，风把他俩的头发都吹起来，照片的后面写着：春天的故事有，希望的田野在……以前听四叔的故事，我终究是个旁观者，现在这五六本相册，诸多的瞬间记录，却是一个入口，由此而去，我的感动由局外的萌芽，变成了心潮澎湃。从照片里的简陋的小出租屋，到后来的大房子都在无声地记录着他们奋斗的印记，而他们每一张照片笑容下，都是对生活态度的诠释。

一周很快过去。临走，四叔开车送我，我还是忍不住问，当初的选择难道没有犹豫？

四叔说："在当时我也没有了主意。其实我是回了一趟陕北的。是想跟父母商量商量的。只不过没进家门，所以谁都不知道我回去过。那天我下了车，往家走的时候，我站在广阔的黄土地上，仰望着阳光，温暖明媚普照着我，太阳真是从内而外都是纯洁的。我想到你四婶孤单害怕一个人在医院里，我就停下了脚步，回家能得到啥答案？不过是全家人的反对，多给我一个后退的理由罢了。想到这里，我抬起手挡着照在脸上的阳光，我实在觉得丢人……我站在崖畔畔上吼了几声《圪梁梁》，转身就回了西安。回西安我就去我大哥家了。"

回到西安，我看到了四叔给我QQ上的留言：人生中每一个突如其来的事件，都是一道关于人性的测试题。只不过我和你四婶这道题，我通过了"良心"的测试。其实当你遵循良心选择的时候，你被你自己都感动着，而这种感动会让一直坚持的你充满力量。

（原文刊发于 2017 年 11 月 21 日《渭南文艺》）

向东，向西

　　钢琴的声音一片清凉。听着好久不听了的音乐，将家里打扫得窗几明净。找到很久很久以前的相册，翻看着。然后认真地轻轻拂去日记上的尘埃，一页一页，记忆深痕浅痕，层层生苔。

　　那是雨过天晴的时候，你带着我看潮湿的树干上爬上爬下的蚂蚁，它们触角灵活，不停扇动，似乎是对周围进行着探测，那是我第一次觉得昆虫也那么有趣。

　　那是在洱海，我望着蓝天上姿态各异的云朵，问你，做一朵云是什么感觉？你转身买了棉花糖递到我手里，说，就是举着棉花糖的感觉啊！

　　窗外月光清冽地洒到雪地上，世界好安静。那个给过我许诺一起成长、一起变老的你应该在回来的路上了。

　　开门的响声伴随着一股寒气，才发现你茕茕孑立于厅间，更高了，更瘦了，也更苍白了。原来，不幸的婚姻里，双方没有谁是获胜者。

　　一句话藏了很多年，今晚勇敢地说出来，听起来相当陌生。

　　做"放手"的决定，是我前几天看到一期《意林》封面的图片：画面上一个执着的女人苦苦抱着一根树枝，而粗壮的树枝已经枯萎，叶子正簌簌凋落……中午又无意间看到了刘敏涛的一个演讲：既然循规蹈矩、随波逐流的生活并没给我带来预期的幸福，反而让我本该神采飞扬的大好年华，活得卑微而苍白，那就不如做我自己。

　　很久没用钢笔在纸上写字。

以前是记记日记，写写小诗，记录生活浪漫点滴。现在白纸黑字下的"离婚协议"四个字的下方是一片震慑的空白。我们一同书写过往的笔，今天要像一把刀切开你是你，我是我。

往事汹涌，那个曾摸着我软软的头发说"乖，不要怕"的你，却叫嚣着："你有啥本事啊？要是有真本事，就生出个孩子啊，也让我在我妈面前有底气一回！"这样的话，你在酒后说过很多遍了。

新婚的举案齐眉，抵不过结婚七年无子的现实。终于明白，有的人我们珍惜得万劫不复，却终不能同路。

多少次你彻夜不归，我一夜不眠。翻看日记，翻翻你为我写的小诗，温暖一个人的暗夜。缄默，我只能在缄默下将自己拆分，有形的部分，一如既往在现实的世界行走，无形的部分，在我的日记里，在我读的书里分层沉降，一点一点剥除我们生活里不断生成的锈迹斑斑。我活得渐渐面目模糊。

我也曾无数遍问自己，你的自尊为何一遍一遍临阵脱逃？根深蒂固的不舍，总是扬起鞭子将自尊赶至一角，用手中的笔下的文字层层叠加，包裹、再包裹……

你坐下来，低垂着眼睛说，先说说财产分配吧。我根本不在意，说："我最大的财产都不要了，其他的真是身外物。"从一进门，你就回避着我们眼神交流，可是现在鸽子般褐色的瞳仁铺满了久违的柔光望着我，像是重新认识。

多少年了？你冰冷的眼神催生了我悬于眉尾的委屈，你气昂的眉宇让我的眼睛结了冰。

此刻，你的眼神里分明有不舍，还恢复了以往欣赏的眼神。

"梅灵，对不起，是我违背了我们之间的白头偕老！"你眼圈红了，"是我对不起，没有孩子终究是我欠你的。"哦，在离别的时刻，你恢复了先前的温柔，我恢复了自爱。眼泪流下来，你伸手过来擦，我躲避着，对你说："以后的眼泪都得自己擦呀……"你孩子般大哭，这一次我们都痛快地哭吧。为以前，为此刻，为以后。

几年的抱怨在眼泪中和解。心灵除了许久没有过的轻松，竟然还有些许清扬。

蝇头小楷即将写满白纸，我知道你等着在笔下解放。

我也一样，等着在笔下新生。

痛与不痛，得到与失去，未来应该还会继续在过去惯性里滑行一段，但是无论如何心态已经改变，我找回了自己。

窗外月光澄明，世界一片纯洁。明天，世界依然壮丽和伟岸，接纳着每一颗生命！

[原文刊发于 2022 年 5 月 7 日（加拿大）《七天》]

叶有深深情，花有爱爱语

合欢并非美得惊人，但却有一种独特的浪漫风情。

花开满树的时候，像一朵朵粉红的蒲公英飞落在绿叶间，细绒在初夏的风里轻轻地摇，粉红又轻软。此刻，再沉重郁闷的心情都会轻柔起来。

合欢的独特之处，在于其花柔柔绒绒，其叶昼开夜合，似有娇嗔羞涩之意。

合欢之名，源于其叶。茶疗鼻祖陈藏器在《本草拾遗》中说："其叶至暮即合，故云合昏。"也因此合欢又有"夜合"之名。李渔也在《闲情偶寄》里也说："萱草解忧，合欢蠲忿，皆益人情性之物，无地不宜种之。凡见此花者，无不解愠成欢，破涕为笑，是萱草可以不树，而合欢则不可不栽。"

合欢是清代京城广为栽植的花木。文人、官员常于合欢花下雅集，饮合欢花酒。在《红楼梦》第三十八回螃蟹宴上，黛玉说道："我吃了一点子螃蟹，觉得心口微微的疼，须得热热地喝口烧酒。"宝玉忙道："有烧酒。"便令将那合欢花浸的酒烫一壶来。喝过合欢酒，黛玉在凹晶馆联诗过程中出了一句："阶露团朝菌"，湘云对道："庭烟敛夕楣"。黛玉听了，不禁也起身叫妙，说："这促狭鬼，果然留下好的。这会子才说楣字，亏你想得出。"

事实上，曹雪芹写螃蟹宴，写合欢花酒，写的是诗，是美。也暗示着一去不复返的繁华。

因着这些附丽，合欢在我心中自是与众不同。

初识合欢，是在亲戚的农家小院里。

那次和家人第一次回陕南老家探访父亲生前的印记，母亲执意要把知道的亲戚都走动一遍。绿林村屋，已不是五六十年前父亲离家时的面目了，拜访的亲戚中因为去世的去世，离开的离开，已经没有人熟悉父亲的过往，他们虽然真诚热情，但总觉得想要寻觅的一丝亲近，终是隔着山水般的恍惚遥远。

父亲离世时我刚结婚一年，有了孩子，终于体会到了做父母不易。我没有号啕大哭，我的心，只是安安静静地多了一条血印子。

几天过去了，我没有找到和父亲有具体相关的事物，难免失落伤感。准备回西安前，老家的继刚哥带着我们拜访最后一位亲戚。傍晚时分，当我踏进亲戚院落的时候，被一棵美丽的花树惊艳了。

在夕阳的余晖下，它粗壮的树干有着光滑动人的肤色。羽状复叶随风轻扬落下一两颗绒花，绒花落在树下的石桌上、藤椅上。一只猫懒洋洋地从卧着的藤椅上瞥了一眼我们这几个陌生人，继续摊着四肢眯上了眼睛。恍惚觉得我打开了一段草木闲情的光阴，正在被一种静谧轻轻包围。

"这是啥树呀？"我忍不住问道。"合欢，"亲戚笑着回答。哦，合欢！书中早已熟悉的名字此刻听来竟有几分莫逆于心的喜悦。

亲戚热情地招呼，围着石桌坐下。"这是蜂蜜合欢茶，镇心安神……"大抵亲戚看出我们憔悴落寞的神情，特意泡了此茶。合欢茶清新凉爽，带着一丝甘甜。

虽然亲戚也是仅知道父亲在家族里的名字。不过于我，这已经不重要了。当我看着合欢花开花落两由之的淡定姿态，我或许执着于过去是一种困囿，对于积极乐观的父亲来说，是不希望看到的。

那一晚，我头一次在土炕上踏实地睡去。

早上我被热闹的鸟鸣叫醒，卷帘推窗，微风轻轻吹来泥土的清新和淡淡花香，薄疏晓雾朦胧了村落。走至合欢树下，想着这次的追寻，亲戚说的是对的：人生得过好当下，往前看。我捡拾起一朵合欢，只有经历苦痛，才会让我们更练达和柔软，亦如合欢，经历风霜雪雨，依然花叶浪漫，送你一抹不可拒绝的温柔。

临走时我再次回眸，内心平静了许多，那道血印子随着馥郁早已揉碎在晨风里。

（原文刊发于 2020 年 6 月 8 日《西安日报》）

那山那水那人

　　我迎着山风坐在石头上，目光眺向远处，四面的荒山，层层叠叠，望之不尽。此刻，出奇地静，心里却涌动着不可言状的感动。要不是平哥一再邀我来他的"乐园看看"，我还不会有这么大的震撼。想到一路爬上来，满山的核桃、栗子、柿子等树，我竖起大拇指对着平哥说："我以后不叫你平哥了，叫你山大王！"

　　平哥是一名复转军人，也是我的大表哥，从单位下岗后，遂在这儿包了这座荒山，已经有二十年了。我们许久未见，他黑了，瘦了，但人更精神了。

　　"别逗了……"他呵呵笑起来，"走，再带你去我的农家大院坐坐。"我跟着平哥来到西南面的半山腰的一大片平地上，我几乎要惊呼了。爬满紫色牵牛花的木篱笆沿着这个坡面围成了一个很大的围墙，一座土坯房子靠坡而建，房子的墙上挂着两串半红半绿的辣椒，在墙角随意地堆着几样农具。房子的左侧，有一丝瓜凉棚，棚下有木凳木桌，桌上一副象棋。挨着棚子是几株月季花、夹竹桃，花儿的旁边是一畦仿佛嫩得能掐出水来的菠菜、香菜、青菜，小葱懵懵懂懂地挺着葱叶，享受着阳光的快乐。在房子的右侧也搭了一个草棚子，平哥告诉我那是奶羊的家。此刻，两只鹅在院子里悠闲地散步。我在院子踱着步子，端详着一景一物，才发现在坡下有百十只羊儿在吃草，无声无息，像洒在山坡上的云朵……

　　平哥边烧水边说："这可是优质的矿泉水，有企业家想买这座山，所以专门化验过。"

　　"哦？矿泉水，哪里？""就在那呀"，顺着他手指的地方，我看到左侧的石缝里一汪细细清泉从竹筒里涓涓流出，清澈透明。我掬一捧山泉水，清凉沁人心脾，顺势坐在水旁的石头上，看石层间那股细小的泉水温柔地流淌，纤纤的水声使这座山一下子有了灵气。

平哥将泡好的茶放在石头上，只可惜我带的是塑料杯，虽无法看透水色，却清香扑鼻，轻呷一口，滋味格外清香浓厚，苦中微甘的味道便在舌尖荡漾，"茶有各种茶，水有多种水，只有好茶、好水味才美"。这泉水泡茶该是上上水了。

我面色陶醉地说："真喜欢这一方世外桃源，有种出世的感觉！"

"二十年前这就是一座秃山，刚才上山的路是我和你嫂子一步一步踩出来的，山上至今没有电，来不及下山的时候，我们就在这个茅草屋住下……"我看看这个简单的茅草屋，想象着这二十多年的风餐露宿，不知眼泪是啥时下来的，这个曾被领导接见过的创业汉子对于以往所遭受的种种苦难和白眼，如同说着别人的故事一样轻描淡写地一带而过。

"如何能坚持下来呢？"平哥没有立刻回答我，而是用手抚了抚茶杯，说："人生就像品茶，不会苦一辈子，但总要苦一阵子！刚开始我是迫于生活的无奈，而后来确实真心喜欢。我和你嫂子都不喜欢复杂的周周正正的人际关系，虽没有多少钱，但自给自足。是不是有点古代的男耕女织的味道，这足以让人开心不是？看着这座荒山如今是郁郁葱葱，我真的很有成就感，让这座大山赋予了更多生命的意义！而我也获得了健康的身体，平和的心态。这里有新鲜的空气、纯净的泉水、自己种的蔬菜瓜果，还有你嫂子不离不弃的真情……所以前段时间有个企业家要买我这座山，我本来都答应了，可是当那个企业家带着满意的神情离去时，我突然觉得我已离不开这座山，这里的水，我婉拒了那个企业家。"

  在别人的眼里，平哥过得一般而且有点凄苦。我品着茶，品味着平哥的话，抬头望天，一时间我茫然：是山高还是云高？心远还是云远？空山寂寂，风过也，遍山的树叶哗哗作响，像是经久不息的掌声！杯中，那原本瘦瘦地卷曲着的叶，在水中缓缓舒展着，青山绿水般舒展，沁香溢出，隐隐地暖在心间。当一抹晚霞落在林间，平哥送我下山，我再次回首那绿林野屋，感受着落日清气的神韵，想起白落梅说的："在这喧闹的凡尘，我们都需要有适合自己的地方，用来安放灵魂。"我大踏着步子跟在平哥的身后，看着他伟岸的身影，我是心如止水的豁达。

（2015 年 8 月）

向光而行

我知道，他的心里藏着一棵树。

有些人就是这样，总会默默地将苦藏起来，从事物中找到精神品质的认同，心存希冀。而他们的人生，也因为希冀的力量而变得丰富和强韧。

让我有如此感慨，缘于初中同学给邮寄过来的两罐柿饼。形如福桃的柿饼和釉质细腻奶白的陶瓷罐上的"喜鹊登枝，柿柿如意"图，使我想起了三十多年前的那张手绘贺卡。

我起身煮茶，将柿饼切成小块放在茶点盘里——这个下午因为同学送来的柿饼，竟有了想喝下午茶的心情。咀嚼柿饼，熟悉的甘甜一点一点在味蕾绽放，因为现在低糖的饮食习惯，对于甜食都是浅尝辄止，然而就是这样的浅尝，让我顺着回忆拨开一种久远的温馨。董桥在《中年是下午茶》里一句话是这样说的："总之这顿下午茶是搅一杯往事、切一块乡愁、榨几滴希望的下午。"似乎真的到了中年，更容易因为某些事物，勾起往昔的涟漪。

民俗认为柿树有七德："一寿，二多荫，三无鸟窠，四无虫蛀，五霜叶可玩，六嘉实可啖，七落叶肥大可以临书。"因"柿"与事、世谐音，古人便将诸多种喜庆吉祥的内涵融入其中，诸如事事如意（事事顺心）。柿子入诗、入画、清供自不必说，人们在庭院栽植柿树，除了果实可食，还因为期盼事事如意、日子红红火火、家族兴旺发达的好兆头。

陕西多柿树，尤其乡野。

读初三那年，和几个同学到长安县（长安区）看望一位病休的同学。恰值初冬，树木尽凋。而从眼旁不时掠过的柿树却独当天下，遒劲有力的枝头，一颗颗红柿张灯结彩，在沟沟坎坎、山坡、村落，用它明艳夺目的红一扫冬的萧索，那是我第一次在乡村领略柿树之美。青冷冷的蓝天下，南山绵延苍茫，乡村灰瓦黄土墙的院落，柿子树从墙头横逸斜出……这片大自然给我的感觉是那么闲适安静，却也那么生机律动。

踏进同学家的院子，他正在树下晒太阳。这也是一棵柿树。

我们围坐在树旁。他母亲端来茶水和一盘柿子。我轻轻地拿起一个柿子，小心翼翼剥去薄如蝉翼的外皮，用嘴巴轻轻吮吸，甜如蜜糖的汁液滑入咽喉，冰爽的气息直透心肺。"甜吧？！"同学得意地笑着问，我们只顾"吸溜吸溜"地出了声，算是给了一个回答。

他看我们吃得过瘾开心，落寞地说："我啥时能去学校呀？"对于常常保持年级第一、二名的他来说，他的努力不言而喻。

临近期末考试，他终于来学校了，居然还是年级第一。放寒假时，我收到他送的新年礼物，用一铝饭盒装的自家手工柿饼和一张手绘的新年贺卡，遒劲的柿树，通红色柿子图旁是一段话：如果你经常静静地、细细地欣赏院子那棵柿树，欣赏到心里去，你就会发现真的能在心中邀来一片阳光……人生广阔，祝你"柿柿如意"就是我最真挚的祝福！

我把贺卡看了很久。又想起看望他的那个下午，斜阳淡染山色，坐在树下的他，微扬的脸上落寞逐渐褪去，眼睛里潜进了一种坚定和孤傲。我想，在那样病休时期，当风过篱落的时候，当雨打窗棂的时候，他家那棵柿树，斑驳着日影天光，给了一位少年怎样的慰藉。我想，这也是为什么在他（借读生）的身上可以看到沉静孤傲，看到质朴羞涩，看到些许疏离，却看不到卑怯。

柿饼与一壶熟普，还有回忆，令这个下午简净闲适还有些许振奋。其实，贺卡上的话，我从来没有忘记。世事茫茫，岁月悠悠，如果说人生这漫漫的几十年像长征，那么在疲累灰心的时候请把你的脸，迎向阳光，想一想心中珍藏的事物。

（原文刊发于 2024 年 1 月 29 日《西安日报》）

姥姥的饭包

想到姥姥做的饭包，至今满是色香味，尽是形意养。

在东北，要猫冬半年才能见到春暖花开。吃了一冬天的酸菜萝卜，能吃上一口咸鲜清脆的"饭包"，就成了我小时候最热切的盼望。

干巴巴的太阳透过玻璃窗射到炕上，我和姐姐已经趴到了窗户上向外瞭望，菜园子还是一片萧条，那口棕褐色的粗陶酱缸沧桑孤独地站在菜园南角。姥姥坐在炕上缝缝补补，花白的头发整整齐齐地挽在脑后，一双眼永远微微眯缝着，似有灿烂的阳光晃得她睁不开眼，显得慈祥而温柔。炕头上的火盆里弥漫着烧土豆的香气。"苦春"时节，姥姥只能这样给我俩解馋。

当和煦阳光围着菜园转悠的时候，菜园里便热闹起来，小白菜、小生菜、小香菜、小葱都探出了头，连那口酱缸似乎也从冬季醒来。我和姐姐在菜园里也仰起头迎接阳光，每个毛孔都长着嘴，尽享着阳光的无限暖融。

这时候，姥姥拿着酱耙揭开了酱缸上的"酱缸蒙子"，酱耙在酱缸里上下翻动，那种粮食经过发酵被太阳反复炙烤后的醇香，令我俩垂涎。我俩围住酱缸仰着小脸问："姥姥，啥时能吃饭包呀！"姥姥眼睛眯缝着说："让太阳再晒晒，让菜叶再长长。"说完，姥姥轻轻盖上了"酱缸蒙子"。（大酱下到缸里，找一块大的白棉纱布盖好，四角用铁块系住，免得风吹落，这块布就叫酱缸蒙子。）纱布透气防尘，可以充分吸收日光，让大酱充分发酵。

姥姥嘴里说的晒晒，是指晒酱。在加工酱的过程中，"晒"是最后一步，也最为关键。接下来的一段时间，姥姥每天都会给酱缸"打耙"，每次打个百十下，一个方向，一个劲道，经过不断"打耙"的大酱，在日光的抚摸下，也越来越黏稠，成了红亮的深褐色，酱香浓醇馥郁，这酱就晒成了。

小白菜、小生菜终于也打开比巴掌还大的叶片。我和姐姐围坐在饭桌上给煮熟的土豆剥皮。晾着降温的米饭飘出清香，脆生生绿莹莹的生菜叶已洗好放在盘中，小碗中小葱和香菜已经切成细末。我的味蕾早已雀跃。

厨房里，姥姥正在炸酱，油烧至微热，鸡蛋液倒入锅中用筷子搅动打散，加入大酱翻炒。炸酱的香气霸道地钻入鼻孔的当儿，油汪汪、香喷喷的鸡蛋酱已经放到了饭桌上。姥姥把剥好皮的土豆放到一个大碗里，用饭勺碾压成泥，加入米饭、小葱香菜末，倒入鸡蛋酱搅拌均匀。然后把生菜叶在手掌上铺开，将拌好的米饭舀到菜叶上四角包起。姥姥包的饭包四四方方、紧紧实实，递给我们时叮嘱着："小手捏好！"我的小手捧着接过，迫不及待地咬一口，"咔嚓"声微微入耳，满嘴都是清新与清爽，嚼几下就是小葱与大酱的辛香，夹杂着米饭和土豆泥的细腻，在口腔中回转着兼容并蓄的完美融合。

据说，饭包是满族一种传统食品。梁实秋在《雅舍谈吃》中说："据一位旗人说这是满洲人吃法，缘昔行军时沿途取出菜叶包剩菜而食之。但此法一行，无不称妙。"饭包菜饭混合，有维生素又有碳水化合物，叶中的纤维素还能促使胃肠蠕动，有助于消化。

80年代初，我们回了西安。姥姥也曾几次邮寄过来自制的大酱，母亲也做了饭包，却似产生了橘枳之变，不是姥姥做的味道。母亲说，那是因为，菜市场的菜叶没有像东北菜园子一样享受过太阳。在楼房里，似乎也缺少了吃饭包的氛围。再后来，就是姥姥去世的消息。那时，我已经上了初三。母亲没有让我回去。我从楼房窗户望向车流涌动的街道，最后长久地又望向即将下落的太阳泪流满面，脑海里是阳光普照下的菜园，姥姥、我和姐姐还有那口酱缸。那是美丽的一幅画：三五朵闲云，风，轻轻地掠过菜园、屋檐。姥姥眯着眼看着我俩大快朵颐，那时我手捧着饭包喜上眉梢，还不懂生死离别。

流年里，我便尝人间百味，只有姥姥的饭包是我生命里永远抹不去的味道，带着原始本真的特色，粗犷的遗风，充满温度，成为我生命的专属印记。有时我想，这饭包（大酱）被人喜爱的根源，在于承载了人与自然共生的印迹，饱含了人类饮食文化的智慧。若一个介质，连接着代代相传的质朴又温暖的亲情。

（原文刊发于 2021 年 10 月 25 日《绥化晚报》）

仰望秦岭

天空无限广博。山在那里，浅青带着墨的色泽，静静地绵延着胸怀。

周末有时间进山是多年的习惯。有时候并不攀爬，只是在某个峪口静静地吹吹山风，听听溪流，闻闻草木香。

浮云歇脚在山谷中央。尘世喧嚣退去，倚在山的怀抱里心境空旷澄明，这是我要的感觉。

陈忠实说过：如果把黄河形容为中华民族的母亲河，那么大秦岭就是中华民族的父亲山。这话自然让我想到父亲。

八岁徒步翻越秦岭是父亲一生最引以为傲的事。父亲曾对我说，他感谢大山锻造了他坚韧的性格，即使面对命运跌宕，他依然能宠辱不惊。

古人对秦岭的评价只有五个字："天下之大阻"。即使到了四五十年代，翻越秦岭都是一个艰难的征程。

1950 年，爷爷让丹凤老家的三姑爷送八岁的父亲来西安上学。

父亲说，第一天他的脚就磨出了血泡，脚底火辣辣、黏腻腻的，钻心地疼。夜晚借宿山民家，腿肿、脚疼加上想奶奶，他虽然想哭，但兀立的山峰高峻伟岸顶天立地，让他羞愧，男子汉不能服输。

一天、两天、三天……转过一个山梁又是一个山梁，群山环绕，没有尽头。停歇、拭汗、行走，偶尔能遇到穿麻鞋打裹腿肩挑山货的山民。山上寂静得能听到树叶窸窸窣窣声，还有行走的脚步声，就这样走了九天才走出了大山。那一刻让他体会到了无与伦比的胜利的快意!

后来父亲被下放到东北农场,再后来回到西安在生意场上的摸爬滚打,父亲从没有退缩过。

回西安后,进山也变成了父亲汲取力量,放松压力的方式之一。每次带回些核桃、木耳、豆腐干,对我们说,这秦岭山中有多少中药材说不清,有多少动物说不清,有多少山珍山果也说不清,多像一个母亲呀,无私滋养着这里的生命。所以在生意场上一旦想耍奸使诈,你都没有颜面面对这巍巍群山。我频繁进山,是因为我的内心需要不断净化,不被物欲裹挟。所以呀,每一次对山的仰望,我都是虔诚的。

父亲离世后,进山自然而然也成了我的一种习惯。

翠华山、楼观台、牛背梁、太白山、华山、太白森林公园……脚下丈量的山山水水,不过是对秦岭精神层面上蕴含、开拓、衍生的历史和文化意义上不由自主地探求。

秦岭是中国最著名的山脉之一,是南北方的分界线,也是古代王朝的天然屏障。秦能在关中盆地崛起,唐能富足强大,秦岭的屏障作用自然功不可没。

名山哺育人类,人类赋予其精神内涵,古今概莫能外。考古学家苏秉琦认为,八百里秦川是中华文明起源最主要的区域,多元却又统一的中华文化基本就是沿着秦岭北麓展开的。

道教在此发源兴起,佛教祖庭遍布,儒学成为社会的主导思潮,"和而不同"的精神有着最生动展现。

远昔的岁月,秦岭里行进过金戈铁马,他们或是朝廷的官兵,或是起义的队伍,或是匪乱的乌合之众,秦岭也行进过丝绸之路的商队驿马。

有时在秦岭隧道疾驰，不由得感慨，秦岭到阿尔卑斯山，曾是古丝绸之路的链接，今日之"一带一路"的链接，也是东西方文明的链接。古往今来，秦岭默默无语，只是用它温暖博达的胸怀包容、一如既往地承载。

常常在山水之间，想起父亲，想起秦岭的前世今生。"做人如山，我的女儿交给你，今后的生活你可能承担更多，未来的诱惑也会有，但是你一定要明白责任，要携手一起面对、解决。"这是结婚前父亲带着我们一起爬山时对爱人说的。

此刻初秋的薄雾氤氲散去，山林红黄间绿，渲染秋色斑斓。

植被是抱山之衣，华而有灵。岩石是群山之骨，坚而宽厚。溪流是山的血脉，恩泽百转。

这山，的确是需要一个虔诚的姿势仰望。

（原文刊发于 2021 年 2 月 7 日《西安晚报》）

萤火虫之光

　　暑假，我给柞水的表姐打电话，想带孩子去那边玩两天。才知道她和表姐夫都在扶贫点精准扶贫。

　　"你们真伟大啊！"我由衷地赞叹。表姐不好意思地说："其实我们也没做啥，就是把党的政策宣传到，把政府的关爱传递到，对他们耐心、细心和关心，做他们致富的帮手和心灵的朋友。我觉得我们就像萤火虫，只有一点星星之光而已。"

　　表姐在县法院工作，表姐夫在县统计局工作。他们扶贫蹲点已经五年了。

　　我很想去看看。于是在周末我来到了柞水梨园村。

　　表姐夫妻对他们帮扶故事并没有过多的叙述，更多的则是讲了表姐夫单位一位叫郑安峰的扶贫故事。他们说，郑安峰的扶贫对象是深山里一对七十岁的夫妻俩，儿子意外身亡，夫妻也先后患有脑梗，是郑安峰不离不弃地帮助，才使他们没有陷入贫困的深渊。那天郑安峰正好有事外出，我便跟着表姐夫妇来到他们的帮扶对象袁平美大爷家。

　　袁大爷的院子有一个大猪圈，里面养有两头健硕的大猪和四头肥嘟嘟的小猪。走进屋里，有浓烈的酒香袭来，袁大爷看我四处搜寻的目光，指着墙边的大塑料桶说，"这是我酿的酒，换几个零用钱"。

　　袁大爷知道我们的来意后说，"我一辈子真没见过这么好的人……"眼圈已经红了。他说，自从儿子出事不在了，郑安峰就像自己的亲人，三天两头到家来，每次来拿许多营养的东西，和他交心，让他振作起来。他家养的这些猪崽、鸡崽都是郑安峰送来的。郑安峰每个礼拜都要来村里住几个晚上。

2016年7月一天深夜，袁大爷的老伴突发脑梗，还在县城的郑安峰接到袁大爷的电话后立即开车连夜将袁大爷的老伴送到了西安市第四医院，并自己掏钱办理了住院手续。住院期间，他不但陪伴左右，还给送水送饭，悉心照顾……谁知，袁大爷的老伴刚出院不久，袁大爷自己也患了脑梗，郑安峰又是车接车送，安排住院，就像照顾自己的亲人，从来没有嫌弃过。他不仅帮袁大爷申请了临时救助，还帮忙袁大爷入股一家公司。

在村委会的办公室，村干部拿出了袁平美的扶贫档案册，上面有年度帮扶计划表、精准帮扶计划表、帮扶工作纪实表、年度收入核算表等各种表格和数据。从2013年12月建档至今，每一页记录的都是精准扶贫扎实的脚步。

我的眼睛望向档案柜，一份份规整有序、汇集智慧和心血的档案，是一个个贫困者的脱贫之路，也是扶贫干部们几年来日日夜夜奋斗的"最好见证"，这是他们打赢脱贫攻坚战中砥砺前行的脚步，更是他们的信心与感情、责任与担当。扶贫工作从大政策的制定再到具体实施到每一名贫困户，最基层的是在县级、乡镇。这样看，基层扶贫干部就是扶贫工作的基石。

合抱之木，生于毫末；九层之台，起于累土。我又想起表姐说的，我真的没做啥，不过是萤火虫的一点星星之光而已。

星星之火可以燎原。正是有了千千万万扶贫干部的努力，贫困人口正在一大批一大批地减少。我想，待到小康社会全面建成时，这些基层扶贫干部是最大的功臣。

绿色就在车窗外，轻泄翠光。目光所过处的平坡地带不是大棚，就是红豆杉苗圃。每户的房前屋后都栽立着木耳桩，蓬勃着一簇一簇魔芋。柞水，已经在今年二月摘帽脱贫。

这里绵延着岁月静好，这里绵延着无限生机。

（原文刊发于 2020 年 9 月 28 日《西安晚报》）

古都西安城隍庙

"城是名副其实的'城'，一池城墙保存得十分完好，规整地圈出一围'城'来，四边城门人来车往，原汁原味地勾连着古城的过去和现在，完美得没有任何缝隙。"这是著名作家吴克敬在《西安味道》一书中对西安城的描写。日日穿行寻常小巷、闹市街区，这座城就像一本深奥生动的书，常走常新。即使行走钟楼周边，也能领略到碑林、城墙、书院、孔庙、都城隍庙深厚的底蕴。这些多元的传统文化符号会随着步履层层洞开，即使一瞥之间，包罗的民风情怀也缱绻拂面。

人类是群居动物，从原始社会垒土成"城"，防止野兽侵扰和外部势力的侵袭，到现代化都市，成为百姓安居乐业的家园，城隍庙的诞生也应该基于此。

城隍二字连用始于《易经》"城复于隍"。"城"是城墙，"隍"指城壕（护城河）。有了城池，就要保护，于是就有了城隍神。城隍是中国民间社会最为重要的神灵信仰之一，古代凡建有城池的地方，都建有颇具当地独特风格的城隍庙。所在之处，也皆为繁华之地。西安都城隍庙就坐落在西安城内西大街中段，始建于明洪武年间，距今已有六百多年历史，因统辖西北数省城隍，故称"都城隍庙"，与北京、南京城隍庙共称天下三大城隍庙。

"巨柱雄立，角檐飞展，雕饰扬祥瑞之气，彩绘闪金碧之辉煌。"我凝视着这座红色立柱明清风格大气威仪的山门牌楼，忍不住先敛了浮躁之气。踏上青砖小路，才发现这条小商品街还有儿时的感觉。与那时逢年过节一样，摆的也是各种针头线脑、香火祭品、古玩玉器、文玩乐器……"城隍庙，九里三，各样买卖在里边；上自绫罗和绸缎，下至牛笼与马鞭……"这段打油诗不仅是"以庙兴市"的写照，也将日子的原汁原味一览无余。一路走下去，头顶的"福"字小旗一直铺陈到庙门前。步履越往前走，内心也不由自主虔诚起来。

小时候过年，母亲总会来城隍庙上香磕头，我则被城隍庙外吹糖人、捏面人的吸引，那些鸡毛毽子、玻璃弹球的小杂货也蛊惑着我的心。每次都急盼庙堂上的母亲快点走出，逛庙会才是我最大的乐趣。戏台上咿咿呀呀，锣鼓梆子铿铿锵锵，听不懂也不必去听，但喜欢看舞台上美轮美奂的戏服，戴乌纱帽的、着红袍的、穿绣花褶衣裙的……那时虽不懂戏服是戏剧最有表现张力的一个方面，但喜欢根据戏服判断演员扮演的身份。当琴阮筝呐的曲牌过门响起，当紧锣密鼓的梆子敲起，戏幕开场，每次都觉新鲜美妙，待到"曲终人散尽，楼空戏台冷"时，竟有些恍惚，有一种说不出的隐隐悲凉。而此时，母亲总会给我一串糖葫芦或是玫瑰镜糕，甜味总是让人快乐，舔着糖葫芦，拿着毽子或者贴画，那莫名的悲凉也倏忽而去了。

走过这条小商品街的尽头，是文昌阁财神殿。绕过财神殿，就看到都城隍庙的仪门了。扫码进入，庙内青树翠蔓，清肃安静。我走过仪门右边的忠孝祠，在戏楼的正对面看到一座气势宏伟的木质牌楼，牌楼正中写着"有感有应"四个大字，上面还悬挂一个巨大的算盘，中间写着"人算不如天算"。心怀敬畏地过牌楼，来到供奉城隍神的主殿。斗拱出檐，顶覆琉璃瓦，门上浮雕着各种精美图案。入内，大殿高阔，铜制太极图悬顶，正中供奉城隍神，两侧配祀文武判官和四值功曹，两边的壁画上分别画着城隍巡城图和十殿阎君及四生六道生死轮回图。

西安的城隍神是汉代大将纪信。因为刘邦被项羽围困于荥阳城时，他主动请缨假扮刘邦从后门逃跑，被项羽抓住后，活活烧死。刘邦为了感谢他的救命之恩，封他为城隍神。我想，人们之所以信奉城隍神，大抵是因为，城隍神与其他神仙的缥缈不同，因为有具象的存在，接地气。综观全国的城隍庙，发现每个地方的城隍庙纪念着不同的人。城隍神原型在世时是保卫城镇有功的英雄，死后被当地人尊奉为神，又担当着阴间冥府之王的角色，具有对人们生前善恶行为进行最终审判的权力。"赏善罚恶、济生度死"，可以说，城隍文化对历史人物道德品质的一种升华与总结，在安抚人心方面发挥着激励和警示作用。

西安的都城隍庙不大，一圈转下来，"内省"却是不由自主的。它所有门柱都有楹联，这些楹联概括凝练，以有限寓意无限。落日尚未，天色温和，信步闲庭把庙里的楹联牌匾饶有兴趣地浏览一遍，才慢慢踱出庙门。沿着小商品街返回，仰望着山门牌楼背面四个大字"你来了吗"，忍不住再次驻足，小时候喜欢庙会的热闹，从没留意这些楹联匾额。或许，城隍庙的楹联散发出的浩然正气，也是普罗大众从中得到宽慰、获得坚守正直的理由。

有追溯便有传承，虽然说，城隍在封建统治下，是统治者管理城市、统治江山社稷的手段和产物，但它给人民带来心灵安慰，给权贵施加道义规诫。挖掘城隍文化，为今人汲取正能量提供滋养，是我们不应该舍弃的价值源泉。

（原文刊发于 2021 年 6 月 27 日《西安晚报》）

由金犊路说开去

行走在西安的大街小巷，总能邂逅诗词中的地名，但往往，地名赫然醒目在路牌或门牌号上，而诗词中的情境也只能在心中遥遥感悟。时光穿越千年，履步于曾经的大唐长安，那些人、事、物也因诗词中的地名而呼之欲出了。

一天，我无意间发现小区门口的路牌名由雁曲四路变成了金犊路，我好奇这名字的变化，突然想起晚唐诗人韦庄《延兴门外作》的那首诗："芳草五陵道，美人金犊车。绿奔穿内水，红落过墙花。马足倦游客，鸟声欢酒家。王孙归去晚，宫树欲栖鸦。"金犊路会不会由此而来？

金犊路东起公园南路，西至雁翔路，所处位置正是在唐延兴门区域内。金犊车，顾名思义，是牛拉的车。牛车自东汉末年始流行，《晋书·舆服志》记："自灵、献以来，天子至士庶遂以为常乘。"魏晋以后，乘牛车之风益盛，车辆制作更是华美，有蹄角莹洁如玉，价重千金者，称"金犊车"。

唐时，长安城由宫城、皇城和廓城三部分组成。宫城是皇帝居住和处理朝政之地，皇城是中央机关所在地，外郭城是百姓居住场所。唐外郭城开十二座城门，延兴门是外郭城东面的偏南门，门下设有三个门洞。门外有复城夹壁，北通兴庆宫与大明宫（大唐行政中心），南通芙蓉园（皇家禁苑）与曲江（大唐帝京人气最旺的游憩地）。

那时唐人文娱极其生活丰富，曲江池作为长安城为百姓开放的游玩的公共娱乐场所，每年上巳、重阳之节，这里游人如织，士女如云。皇帝赐新科进士游宴曲江之日，更是才俊齐聚，吟诗作赋，题名于雁塔。在曲江池北的乐游原登高览胜，作诗抒怀也是雅士的一大乐事，李商隐就曾在乐游原写下了那首千古绝唱："向晚意不适，驱车登古原。夕阳无限好，只是近黄昏。"

乐游原上有青龙寺，原下有延兴门，门外是浐河风景区，东望骊山，南望曲江。由此，曲江池、芙蓉园、大雁塔、乐游原形成了长安城东南部最大的一处园林风景区。与帝王的宫殿相近的里坊尤其受到高官与贵族的青睐，以致城市的东部豪宅遍地，陈忠凯在《唐长安外郭城区域结构之研究》，认为高官显爵、权贵豪门的住宅区是在朱雀门街以东、延平门—延兴门街以北的近北诸坊和邻近宫城、皇城西面、南面的诸坊。

大诗人白居易就曾经在延兴门内住过。作为当时世界第一的大都市，长安城繁华，长安城的房价也贵。

"慈恩塔下题名处，十七人中最少年。"二十九岁考中进士的白居易那时意气风发，没考虑长安居易与否，考中后转身回老家探亲去了。两年后，回长安参加吏部选拔考试，被选拔为秘书省校书郎。俸钱够不上买房，只能租房，这一租房就是二十年，直到他五十岁的时，官居正五品上，才在延兴门内新昌坊买下了第一套房子。其《题新居寄元八》诗中写道："青龙冈北近西近，移入新居便泰然。"比起一直想在长安买房终身也没有买到的杜甫，虽然不易，也终于有了自己的住房。

一首《延兴门外作》可以一窥大唐彼时的繁华。但韦庄生于气数将尽的晚唐，吏治败坏，官禄尤滥，赋敛、差役更为繁重。榷盐、税茶，政府不断提高茶盐价格，茶盐私贩结成群体，与唐王朝进行武装斗争。阶级矛盾进一步激化，浙东农民起义、徐泗农民起义、黄巢大起义风起云涌，唐王朝处于风雨飘摇之中。晚唐的落幕，使延兴门一带也失去了往日的繁华。由于战乱和迁都，外郭城墙与城门也不复存在。现存的唐城墙中，只有残存的几段外郭城和被包裹于明清城墙内的唐皇城与宫城的城墙了。

《咸宁长安两县续志》记，清末延兴门分为南北二村。20世纪90年代初，我去青龙寺，曾经过延兴门一带，那时的延兴门南北两村，被包围在麦田中，与普通的村庄无异。90年代末，随着西安交大科技园在此起步创业，发现延兴门一带的耕地逐渐被高楼大厦取代。目前已是高新技术产业发展最活跃的项目源和创新源，成为中国西部地区科技成果转化、高新企业孵化和创新创业人才培养的重要基地。西安交通大学、西安理工大学两所学校，曲江创意谷和龙湖星悦荟两个大型商业，也使得此地人气愈旺。

高楼林立，车流不息。我站在金辚路上，品味着韦庄的诗，品味着这座城的命运浮沉，可见，一座城的兴衰，一个人的命运，是与国家是紧密相连的。

地名，往往能代表一个地方的文化品位和历史底蕴。这种文化印记是一个城市记忆的落脚点。从金辚路的命名，让我们看到了这个城市历史文化传承的一个细节。

（原文刊发于 2022 年 4 月 24 日《西安晚报》）

国货，时光的温情典藏

时间过处，总有一些事物的存在是为抵抗时光的流逝，总有些物品的存在是要唤醒人的记忆。

一次经过含光门。偶遇一家国货店，原木橱窗里一位身着水红旗袍、怀抱琵琶神似周璇的老海报，透过玻璃闪耀着年代的独特气息，那份古典的韵味不知不觉中吸引我停下了脚步。推门进店，我一眼看到了安安、雅霜、紫罗兰香粉、海鸥洗发膏……依旧还是那二十多年前质朴的模样。那些从生活中消逝的物品忽然在此出现，一时间，有时光倒流之感。那走远的岁月，跳跃在眼前，依旧鲜亮而温暖。

"需要点什么？"一个轻柔的声音问我，我才注意到一位五十多岁的阿姨微笑望着我。"我先看看，"我指指这些产品，"我以为这些产品早都销声匿迹了呢。"

"好，你慢慢看。"

海鸥洗头膏装在半透明塑料盒子里面，轻轻拧开盖子，淡淡的蓝色膏体，很熟悉的苹果味道。

我又拿起"友谊"护手脂，不用拧开盖子，已经有一股淡淡的而又特别温暖馨香扑鼻而来，想起小时候，妈妈总是倒一盆温水让我和姐姐洗脸，然后用肥皂把小手洗净，我们仰着脸，伸着手等着抹香香……那时妈妈常买的护手脂就是"友谊"和"百雀羚"，而且总买大盒，我总盼着赶快用完，然后，将空盒子洗干净，装上我喜欢的各种小珠子、雨花石，或是可爱的小扣子……在物资匮乏的年代，那个黄底蓝边的小圆铁盒装载了许多人的美好。我浏览品味了一会儿，坐下和阿姨聊天。因为从我进来的这一段时间并没有一位顾客光临，所以我先问阿姨生意如何。她告诉我生意还不错，都是对这些国货认可的老顾客。

说实话，我刚才浏览产品时，也留意了一下价格，价格低得让我忍不住会怀疑产品的品质。见我怀疑，阿姨告诉我：你一定想不到国货在 2008 年就迎来了"大爆发"式的欢迎，目前"迷奇高级丝素美容蜜"在日本、韩国特别受欢迎，"片仔癀珍珠膏"在亚太地区卖断货，除了外销带来的一定的推动作用之外，也越来越多的国人支持国货……

我知道国人在国外商场疯狂扫货，现在我才知道，日美欧韩的大妈来中国也会疯抢我们的国货，我不敢保证阿姨的话没有一点夸张的成分，但是看到一些"外婆级"的化妆品经历几十年甚至上百年的历史沧桑，抵抗着时光的流逝，依然存在，只能说明在岁月流转中国货品质获得了认可——时间和市场最能验证品质。

阳光透过玻璃窗，不大的小店凝聚起来的怀旧气息，那些与小时记忆有关的护肤品，此刻静静地放在那里，如同旧时光默默无声。好在记忆是可以重新拾起的，当下，它们似乎又在不经意间复苏了。我相信，阿姨的老顾客一定有许多和我一样，不愿遗忘过去的这些美好，或许也是不愿过早地与过去告别，而会经常来光顾这里。

走在路上，心想这是一个西化程度越来越强的时代，女性用化妆品似乎都喜欢用国外大牌，看来也是一个误区。据说时下，许多时尚美眉一边正用着一些国外大牌的护肤品，一边忠心耿耿地使用一两款自我感觉好、价格又便宜的老牌化妆品。时尚与怀旧结合，喜新也不忘旧。我现在也是一分子呢。

时代，给了国货春天；国货，给了我们怀念。

（原文刊发于 2022 年 4 月 22 日《镇江日报》）

用诗展示生命

余秀华的诗火了。打开电脑、微信，她和她的诗《穿过大半个中国去睡你》就这样带着原始的野性横空出世。读她的博客里的诗集，能深深体会到她的痛苦以及对正常生活的渴望。那"孤独"的情绪让人疼痛。她不止一次提到自己的孤独："在家跟父母没什么交流，儿子有什么话也不太跟我交流。"所以我倒宁愿把她的诗看作她心灵的呓语。

《穿过大半个中国去睡你》，如果只简单地看作"性"来解读，却有些偏颇。如果把"睡"理解成爱的最高境界，而不是简单的情绪发泄，那么透过"火山喷发、政治犯、流民"这些的隐喻是不是可以理解为负面、危险，是不是可以理解为"我"在爱你的过程中所面临的苦难或是危险，"麋鹿、丹顶鹤"是作者对自身（弱、善良、纯粹）的隐喻，"弱"又怎样：

我是穿过枪林弹雨去睡你

我是把无数的黑夜摁进一个黎明去睡你

我是无数个我奔跑成一个我去睡你

这一段的描写，我看到的是她对爱的执着、大胆、狂傲。"无数个我"，我理解成作者的不同风情（不同性格的各个面），所以我把这首有争议的诗解读成一首爱情诗。弗洛伊德曾提出，"无意识是不能被本人意识到的，它包括原始的盲目冲动、各种本能以及出生后被压抑的欲望。无意识的东西并不会因压抑而消失，它还存在并伺机改头换面表现出来"。诗歌中的大胆，只是她情绪的宣泄

（并不代表本身就会作出如此胆大的行为），这首诗野性真实的如田野里的荒草，随心所欲倔强而又勇敢。我觉得更符合她的村姑身份。而《我爱你》中，我却可以看到她柔软的爱，可以看到她简单的小幸福：

巴巴地活着，每天打水，煮饭，按时吃药
阳光好的时候就把自己放进去，像一块陈皮
茶叶轮换着喝：菊花、茉莉、玫瑰、柠檬

一旦爱了，她却纠结又自卑：

如果给你寄一本书，我不会寄给你诗歌
我要给你一本关于植物，关于庄稼的
告诉你稻子和稗子的区别
告诉你一颗稗子
提心吊胆的春天

诗歌能让人远离孤独，也能让人更接近孤独。比如《风吹》：

黄昏里，喇叭花都闭合了。星空的蓝皱褶在一起
暗红的心幽深，疼痛，但是醒着
它敞开过呼唤，以异族语言

又如《可疑的身份》《在打谷场上赶鸡》《你没有看见我被遮蔽的部分》……这些诗句和着泥土的挣扎的空灵和尖锐。"还好，一些疼痛是可以省略的：被遗弃，被孤独，被长久的荒凉收留"（余秀华诗句），这所有的不快乐都以诗宣泄，又被诗收留。诗歌，也

是她行走人生的心灵咖啡。

余秀华给自己的社会身份排序：女人、农民、诗人。所以我们也不要以传统诗歌的条条框框去要求她吧。"差的时候是命运，好的时候还是命运，命运是安排好的，人改变不了。"那么当她坦然接收命运的时候，真的需要我们多给他一些希望。如果诗歌能带给她精神上的安慰，多了一种幸福的体会，我们应该给予宽容和支持——我们可以不欣赏她的诗，但她的幸福方式却很打动人。

读着她的诗歌，我看到的是一个清净的世界里，一个灵魂在丰富地孤独着。

（原文刊发于 2014 年 4 月 16 日《西安日报》）

土楼浅探

中国人善于韬光养晦，也喜欢深藏不露。从"隐士"文化、为官做人到建筑设计，我们都能窥见"藏巧于拙"的文化内涵。

三月，我随爱人去厦门疗养，看到行程中有参观福建永定土楼、云水谣的安排。土楼声名远播，心中虽有预期，但是在我踏进土楼的那一刻，还是忍不住惊叹，"深藏不露"，土楼真的做到了极致。

从厦门驱车，一路郁郁葱葱，群山环绕的山坳间，梯田溪流旁那或圆或方的一座座黄褐色土楼，显得这方山水古老、神秘而深邃。

土楼的美丽与壮观，见与不见，图片和实景相差无几。可是土楼的历史和人文，见与不见，感受却大不相同。抵达永定高北土楼群，站在"土楼之王"承启楼前，这个质朴的"巨大圆形城堡"在蓝天下遗世独立。此刻，寻根溯源今为何？

踏进门，一眼扫过木质回廊，那一间间大小一样的房间，那一圈一圈挂起的红灯笼，把思绪一点一点拉进那久远、精彩的历史中去。这座楼圈地八亩，可居住约八百人，整个宗族住在一起，就像一个"小家庭王国"。

此楼由四个同心圆的环形建筑组成：中心部分是中厅、回廊与半月形天井组成的单层圆屋，屋外又有三个环形土楼环环相套，外高内低，渐次错落。外楼高四层，二环高二层，内三四环是平房，外环的四层楼中一楼为厨房，二楼是粮仓，三楼四楼是卧室。中间是祖堂，是婚丧喜庆的公用场所。楼内有水井、浴室、磨坊等设施。在导游的解说下，土楼揭开层层面纱，踩着鹅卵石铺就的甬道，我像探索一座迷宫，通向世外桃源。行至三环，有房三十二间，没想到竟然是学堂，可以按照年龄分级。土楼人家的兴学重教，由此可见一斑。

我仰头望向那一方圆形的天空，如浓缩温柔的情怀。说实话，我的崇敬是随着脚步的探寻愈渐加深的。这种族群生活所蕴含的血缘、亲情凝聚力，深深震撼着我。这座楼是江集成带领四子、二十孙、七十二曾孙等几百人，有钱出钱，有力出力，经过几十年艰苦奋斗，亲手劳动创造的。所用生土、木石都是本家族人就地取材。

庞大有序的格局，构筑了这个小社会。这里的人们和谐共生，其乐融融。就像在一进大门，迎面所见厅联写的那样相处：一本所生，亲疏无多，何须待分你我；共楼居住，出入相见，最易结重人伦。

据说，从西晋时期起，部分中原汉人为逃避战乱、洪荒先后五次逐渐南迁到现在的闽粤赣交界山区，孕育了一支汉民族中充满活力的民系——客家。而这些土楼群是他们智慧、团结的象征。他们为了最大限度地自给自足，把土楼的结构与功能做到了极致，全族人在得到基本的生活保障的同时，他们互让、互助，彼此尊重的相处，可以几代同堂、共享合家团圆之乐。

随着导游的步伐，我们又相继参观了"土楼王子"——振成楼，"土楼公主"——振福楼。永定，是纯客家县，是福建拥有最多的土楼的县，总共两万三千多座。无论你的眼光落在哪座土楼，即使院墙环闭，眼前却浮现楼内灯光炉火、人语喧喧、和谐温馨的画面。

当我们把自己的住所称之为"家"的时候，那就成了一个被赋予场所精神的地方，一个将自然环境、社会文化以及人的意识和价值取向融为一体的有机整体。当很多的"家"形成了民居聚落，形成建筑，这些建筑就承载了人类的历史，人类的文明和生存智慧。

天色渐晚，当我再次凝视承隐藏在峰岭丘壑中，这些"方圆"组合，翻阅着客家人的智慧，在沙子与泥土的结构里，创造出的人间经典，真的想说，这里是值得好好阅读的。

（原文刊发于 2022 年 3 月 23 日《西安日报》）

王牌绿叶

阳台花架上的盆栽薄荷，安静葱郁。轻轻摘下两片叶子，放入透明的玻璃杯注入沸水，顷刻，杯中浮起几抹绿意，淡淡的薄荷清香从杯口袅袅升腾。茶渐凉，加上两勺蜂蜜，喝一口，幽幽的凉，微微的辛，在喉咙里张弛着扩散，周身就有了微风般清扬。才感觉薄荷并不似视觉上那么温婉。

薄荷是夏的宠，清脂散火，解郁除烦。在灼热黏稠的夏季，平日里爱吃的食物都少了几分胃口。这时候，喝上一杯薄荷茶，既是解暑利器，又能勾起食欲。

除了众所周知的薄荷茶，将薄荷入菜也是夏季不错的选择。薄荷可以入菜，是我和母亲去云南旅游时知道的。《滇南本草》中记载："滇南处处产薄荷，老人作菜食，返白发为黑，与别省不同。"所以在云南各地，菜式不管从食材选择、料理方法还是成品味道上，即使差别较大，都会把薄荷当作普通的一味调料，如同陕西炒菜或是凉拌菜炝锅的辣椒一样普遍。

薄荷炸排骨、薄荷牛肉卷、薄荷炸土豆、香炸薄荷、薄荷沙拉……薄荷作为佐料，以新鲜姿态拌入，口感清新，但作为配料下油锅同炸时，又口感清凉。这些菜搭配薄荷，竟然都是相宜的、可口的。

尤其喜欢薄荷牛肉这道菜。牛肉味道浓郁，多了薄荷的清凉，解腻爽口，再加上鲜滑的白玉菇和香味十足的酱汁，食欲顿开。母亲也赞不绝口。从云南回来，母亲就让我给她搜索了"薄荷炖牛肉"的视频，对于擅长做饭的母亲来说，第一次做，就赢得了全家人的交口称赞。从此，母亲就将薄荷当家常配菜用了，炖鱼、做菜羹、凉拌……薄荷一盆一盆在母亲的阳台蓬勃，也在饭桌上与其他菜类混搭，挑逗着味蕾。人间烟火里，融合了舒畅、淋漓、惬意的温馨。

薄荷茶温润清凉，手摇蒲扇的风也比冷气来得徐徐温柔。女儿补课快回来了，我把切好的芒果和薄荷叶、蜂蜜一并放入榨汁机里榨汁，清甜爽口的芒果薄荷汁是女儿的最爱。

想起一个厨师朋友说，薄荷是除"酸甜苦辣咸"之外的第六种味觉——凉。这种凉凉的感觉让它充当辅料时，让菜看更清新、健康、解腻。薄荷药食两用，具有疏散风热、清利头目、利咽透疹、疏肝行气的作用。也因此，在西餐、中餐常见薄荷身影。

薄荷最早盛产于地中海地区及西亚一带。据说，古代罗马人、希腊人很喜欢薄荷的清凉味道，他们用薄荷叶洗澡，在节日和庆典时佩戴薄荷织成的花环，顶着薄荷叶编成的头冠。他们也用薄荷来制酒、做香水。后来，薄荷传入我国，经过百多年的适时栽培，已成为华夏大地各地乡村房前屋后广泛栽种的民间草本。

牙膏、口香糖、清凉油、薄荷精油、含薄荷的香水……薄荷，用自己的"清凉"绝技，从餐盘色彩和滋味的一点附加，成为人们生活里的王牌绿叶。

小小一棵草，却有一个深沉的名字。众草丛生曰"薄"，意指生机勃勃，"荷"可堪担负。的确如此，薄荷生命力顽强，随手插到土里，就会生机盎然一片。

薄荷不是主菜，默默地成就每一道菜品，那种清凉让人的味觉上分泌出"愉悦"，使人健康。要不，没有国色天香的雍容，没有空谷幽兰的雅致，何以被认定，被青睐？物竞天择之后的存在，自有它存在的理由，也是它钟爱世界的方式。

薄荷芒果汁清凉馥郁的味道直钻鼻孔。有时想想，我们不要过于局囿于自己所处的位置，吾心所在，即是舞台，抱着是主角的心去做好自己，在不同的位置不遗余力地绽放，也能体现自己的价值。

（原文刊发于 2021 年 8 月 2 日《三江都市报》）

阅读石林

行走石林，如果说感受，深者得其深，浅者得其浅，如果你要认真"阅读"它，反而会变成自我修行的一场体验。

晨曦染红了天边的云彩，清晨的石林安静神秘。当我从电瓶车下来，我讶然眼前的石林竟是一派疏朗清雅的园林景色。这里地势平坦，一桥跨过一湾碧色的湖水，岸边柳树垂绿、花开艳艳，湖岸上淡淡青灰色的伟岸石峰，如屏参差，在朗朗晴空下触摸白云的温柔。

美丽的景色大抵都会有锦上添花的传说，石林也不例外。在"小石林"风景区中，阿诗玛石最有名气。相传，勤劳勇敢的阿诗玛姑娘，为追求自由幸福的生活，反对强迫婚姻，同她的阿黑哥不畏强暴，与土司进行不屈不挠的斗争被害，最终变成了一座石峰，成了"日灭我不灭，云散我不散"的永恒雕塑。

看过电影《阿诗玛》的母亲对寻找阿诗玛石很感兴趣，这是我们今天的首要"目标"。我牵着母亲的手，想着传说故事，搜寻着眼前经过的石头，母亲一会儿扭过脸对我说这座石峰像大蘑菇，那座像大象……我笑着应和，眼睛扫过母亲的脸，那探寻的神情，竟显出了孩童的神色。

观景要"三分看景七分想象"，当我们伫立在阿诗玛石峰前，找她淡红色的头帕、背着的背篓，并没有觉得十分相像。我站在大石侧面端详好久，倒是能看出侧面似人形凝神远眺，若有所盼。看着一拨一拨游人在阿诗玛石峰前拍照留影，不可否认，传说虽说无据可考，却又那么深入人心。

来石林，如果只是看看石头，听听传说，到此一游，有些人的脚步就止于此了。因为随团的有些人，就表示再走下去，还是石头，没啥可看了，也许这就是看山是山，看水是水。其实只需再步行大概十分钟，便可领略到"大石林"最自然的风貌。

景于行，境于心。这是我行走"大石林"，在其他景观从未有过的微妙体验。

我牵着母亲，随着脚步纵深，石峰越来越密集，鸟影落在石林里，静谧与神秘感在延伸。来这里，看的不是人文，而是天然景观，然而，真正地行走其间，你会发现，没有单纯的天然景观，这些岩石的纹理间，闪耀着岁月的隐语。刚才寻找阿诗玛石时，我都是对着石峰远观形态，现在穿梭、攀爬在或柱形或锥形或塔状的石峰间，才近观到石壁上的裂痕沟壑，越往石林深处挺进，越觉得行走在没有尽头的石林裂痕沟壑中，这裂痕沟壑层层叠叠，仿佛是连接往昔的暗号。

你一定想不到，亿万年前，这里是滇黔古海的一部分。这里生长着许多能形成碳酸钙沉积的动物和植物，海中的石灰岩经过海水的冲刷留下了无数的溶沟和溶柱。后来，这里的地壳不断地上升和长时间的积淀，才逐渐变为陆地，这些石灰岩经过烈日的炙烤和雨水的冲刷、风化从而形成了姿态各异的石头奇观。

沧海变陆地，耳旁似乎还有涛声哗哗，我的心也如海水般澎湃，"千秋如对"，面对石头，就像和千秋对话，直面永恒。我无法想象那个洪荒时代，于亿万年之后，在时间无涯的荒野里，锻造出的这一方傲骨成林。

沉默是它们的表情，挺立是它们的姿态。时间长河虽不舍昼夜，却"未尝往也"。贾平凹曾在《平凹携妇人游石林》中说，石林是大美，大美则无言。他还说，石林是盆景，是碑，是人的前生后世，回转不休。写石林者众，唯独我读此篇时，心里微微一颤，现在才体会到，此篇打动我的是其状景与意蕴表达出的禅意。我把这篇文章讲给母亲听，母亲攥紧我的手，我能感受到她的感动，当我们愿意伸出内心的触角深入对生命的体验和宇宙感应的时候，心与物的沟壑就会被跨越。周国平曾说，游览名胜，我往往记不住地名和典故。我为我的坏记性找到了一条好理由——我是一个直接面对自然和生命的人。真的，站在这里，这些地名、典故的附加都可以忽略，直面自然和生命，我看到了作为一个人，微渺的一生。我们与万物的隔阂、居高临下，这一刻都被膜拜取代。此刻，不再念及所谓的高低贵贱，以最纯真的心面对这自然力的浩瀚与伟大，内心是谦卑，是膜拜，同时有温情涌动，有力量悄然扎寨。

回来的车上，母亲靠在我的肩膀睡着了。我抚摸着无名指上的钻戒，在夜灯下闪烁着光芒，古人用"我心匪石不可转也""海枯石烂"形容对爱情的坚贞，聪明的现代人于是用一块更小且更精致石头的套在指尖，映照出爱情的辉煌与永恒。

综观人们对石头种种美好赋予，喜爱的程度自不必说，当然，石头都当得起。

（原文刊发于 2022 年 11 月 11 日《作家文摘》）

北首岭的叙述

每次去博物馆，我总是想起歌德曾说，经验丰富的人读书用两只眼睛，一只眼睛看到纸面上的话，另一只眼睛看到纸的背面。

如果把人类进化的历程比作一部巨大的史书，那么驻留在岩层和土壤里的遗骸、遗迹，按照时代早晚堆积成的地层，就如同一张张书页。我们要通过有限的遗迹、实物，穿越时间的苍茫，拨云见日，就一定要用"两只眼睛"读。

周末赴友邀约去宝鸡游玩，北首岭博物馆、宝鸡工业遗址博物馆、金台观……一圈行走下来，我由最初的游山玩水看风景的随意，到后来仰视注目充满敬意，用我的心逐渐去接近一个民族的脉息。我觉得自己一直在探秘一种隽永——中华民族的智慧和坚韧。

可以说，这里是一个探寻的源头，一个了解先祖、研究华夏文明的源头。北首岭博物馆是新石器时代仰韶文化聚落的遗址，宝鸡七千多年的历史就是从这里算起的。

风轻云动，天空如碧，空气清新湿润，鸟儿也叫得欢快。北首岭博物馆的正门口，陶塑人面像无言脉脉，迎接着每一位探寻的目光。据导游介绍说，陶塑人面像是国宝级文物，原件是七厘米宽，九厘米高，有手掌心那么大的一个挂饰，这也是母系社会向父系社会过渡的一个佐证。

当我怀着崇敬之心，去回溯先祖生活的时候，展柜里的陶器、石器……就成了追溯往昔的最好通衢。过去的先祖离我们太远，我们可以透物见人，在这里，要紧跟导游讲解，结合图片，运用推论跟想象，扩充对于眼前考古事实的理解，从空间上透视，这些器物就如同展览"北首岭人——一个原始部落的故事"的摘要，让我们一窥先祖生活所处时代，他们的思维模式以及社会形态。

造石为磨，烧土为陶，这些石刀、石斧、石磨、石棒、碳化粟，腰机、陶壶、陶罐、陶盆……都在告诉我们，那时的北首岭人已经会纺织，会制陶，会种植粟米，给粟米脱皮了。这些器物，从简单到复杂，从粗陋到精细，可以说是先祖们赖以生存的工具，铺就了先祖的演化之路，凝聚着先祖的智慧和匠心。

眼前这个呈橄榄形的尖底彩陶瓶，就很让人惊叹，小口尖底设计符合"重力原理"，用这种尖底瓶在河边打水时，受水的浮力影响，水灌到一定的量后，瓶身就会自动立起来。瓶上还带有双耳，方便提携。也有学者认为，应该把这种小口尖底彩陶瓶命名为"酉瓶"。它与甲骨文中的"酉"字字形基本一致。它象征一种小口尖底的酒器的形状，引申有"酒"的意思。《说文》也说："酉，就也。八月黍成，可为酎酒。"

还有"双联釜"陶器，就给我们留下了耐人寻味的空白区，这个看起来很像现在使用的煤气双灶头，但其功用现在还无定论。

这些陶器，除了功用，还有礼仪、祭奠，可以说是凝固的情感艺术。网纹船型壶、双鱼纹彩陶盆、鸟衔鱼纹壶……我久久凝视着它们器型、纹饰和符号，这彩陶之上每一笔每一划中的文化意蕴，在造纸术之前的华夏文明史，是不是靠着"陶以载道"？

展柜里的器物第一眼看，就像看一个个静物，可是当你了解这些器物的用途，并和你曾经学过的相关知识印证，就有了具象感，你的眼前便有了远古的风声、人声、器具声，勤劳的先祖们在磨制工具、在纺织、在烧陶、在耕种，在汲水……生产、生活逐渐趋于稳定，从迁徙走向了定居，从渔猎走向了农耕，那时的村落炊烟升起，一派祥和。当农耕成为主要生存方式，男性的力量和体力优势得到了发挥，生产模式与生产力的改变促进了母系氏族向父系氏族社会的演变。

当定居成为先祖们的一种生活方式，"住"才是安定下来的前提，而气候和水源左右着先祖的选择。宝鸡三面环山，渭河傍城，地理条件为定居提供了最终的选择。当我随着导游穿过未开发的一片遗址空地，凝望一座复原的人字形棚顶、方形半地穴居房屋时，心潮微润，从自然山洞作为住室，到营造房屋定居，"温暖舒适"的半地穴居便成了温暖的"家"。

人的聚居，形成了村落。先祖们三五成群，穿着简单的自制衣物，手里拿着石刀、石铲、石锄，日出而作、日落而息，他们或耕作，或采集，或渔猎，或为改进农业生产、生活工具，更精细地打磨……他们终生忙碌不休。喜怒哀乐、生老病死，都与这个"家"联系到了一起。人死了，便在附近就地掩埋。

趴在护栏上看着墓葬坑，他们的遗骸就静静地躺在墓坑中，这些在人类发展史上做过贡献的先祖，在泥土中变成标本，传递着当时的社会形态信息。我相信我们的生命，都有各自原生的经纬度，也有隐藏在基因里的祖先们的经纬度，就如同我今天站在这里，对于七千年前没有陌生隔阂，我可以依据这些所存不多的实物，去触摸，去理解，去感受。我们从何而来？我们曾经做过什么？经历过什么？我们如何走到现在？一座博物馆也是一扇窗，更是一个宏大的叙事，我在行走观摩中阅读着它的叙述，顺着历史发展的脉络，看得见文明之路的漫长艰苦也看得到缺憾与荣光。

有追溯便有传承。宝鸡工业遗址博物馆的战时窑洞工厂也很令我震撼，无疑地，国人的精神历来是一脉相承的，那些历史赋予这些"景观"的精神，沟通着一代一代，影响着一代一代，也传承着一代一代……没有谁可以抽刀断流！

（原文刊发于 2022 年 8 月 8 日《西安日报》）

吾质本朴

人生需要感悟质朴的美好。

一友喜收藏石头。有次回母亲家在院里遇见，他告诉我新近收藏了一些石头，并让我去他家赏玩。

小区整体建筑是欧式别墅，但他家装修风格却很中式。入得厅来，才发现与其他人家装潢得富丽堂皇不同，石墙运用在设计当中竟然给人一种大气拙朴之感。

白茶香气缭绕，头顶淡黄的灯光洒下来，博古架上的石头温润沉静，使人仿佛置身自然之中，我不太会鉴赏"石头"，但是喜欢这些石头弥漫出来的气息，让人踏实沉静。

他说，他钟情石头，是因为面对石头他可以滤去骄躁，使他永葆质朴之心。平时在家里，夫妇俩喜欢穿着棉麻布衣，在院子里莳花种菜。假期也经常带儿子回河北乡下老家下地干农活。

"质朴"这个词已经很久没有人提及了。我内心涌起莫名的感动。我想他之所以生意做得成功，源于他从没丢弃本我。

生活在城市，我们对田园渐渐疏远了。城市越建越美，人也越来越追求奢华精致。

就前几天，我在接孩子放学的间隙，曾被两位美容导师拦住，让我体验她们美容院"秒杀"项目。她俩口罩外露出一样眉形的眉毛，一样的双眼皮，一样的饱满额头。"姐，今天是最后一天搞活动，你只要做个眉毛，垫个鼻子，隆个下巴，就精致漂亮了……"我摇了摇头。"姐，看您素面朝天，您就不想打扮精致点、女人点吗？女人就该对自己好点，等变成黄脸婆，谁爱你？今天好几个项目都是秒杀价……"我被半拥着进了店，欧式宫廷风的大厅里，茶座几乎坐满了人，她们大部分头上戴着一次性发帽，脸颊或是眉毛、鼻子、下巴的部位敷着麻药，用保鲜膜敷盖着。她们悠哉地喝着果汁，吃着水果、零食。

我扫了一眼美容项目价格表，大多万元以上了，三五万的项目居多。不时有顾客在导购的指导下完成了"贷款"操作。我没想到，会有这么多人。我理解人的爱美之心，特殊情况的手术美容我也不反对，但五官还算端正之人，真的需要在脸上大动干戈吗？

现在所谓的"精致生活"很火。不仅脸要精致：哪怕动刀，也要饱满的额头、欧式双眼皮，高鼻梁，尖下巴，嘟嘟唇；穿着也要精致：哪怕负债，也要高档服饰、名牌包包和高级护肤品。

追求"颜值""精致"，也催生了虚荣，给生活加上了滤镜。有一次我在地铁上，听到一个女孩在电话里嚷着："你咋能不给我修图就发朋友圈了！"在光鲜亮丽的假象之中生活久了，还记得生活的本来面貌吗？这种人为的精致抹掉了生活真实的质感，看似极力贴合精致的生活，对于许多人都是流于表面，因为真正的精致的生活，一定还需内心的关照，寻求一种面向社会、人生意蕴的深度思考。

我默默地转身离开。当下许多人对"颜值"和"精致"的理解，与我从小接受的"质朴为美"的观念相去甚远。

前段时间，"北大数学大神"韦东奕走红网络。这位天才型的数学学神，穿着运动服，一手拿着一瓶矿泉水，一手提着一袋馒头。当这个质朴的形象出现在大众视野时，竟然有人质疑他拉低了北大老师的颜值。所幸的是，韦东奕的低调质朴，似乎与这个物欲横流的社会有些格格不入，但也震撼和羞愧了很多人。他被封为"韦神""教主"。超然物外的专注，让他在数学研究上有所成就，"貌不惊人"和"才华横溢"的强烈反差，收获了更多来自网友的赞扬和敬佩。

庄子说："朴素而天下莫能与之争美。"

列夫·托尔斯泰说："朴素是美的必要条件。"

李白说："清水出芙蓉，天然去雕饰。"

懂得欣赏质朴的美好，让我们把目光转移，不再追逐网红明星，注重自己的精神世界，才能回归本真，才能有独立的自我认知。

吾质本朴。欣赏质朴，不过是我们的精神回归！

（原文刊发于 2023 年 4 月 17 日《西安日报》）

那年冬夜的烤柿饼

入冬，总忍不住念记些温暖寻常物，或者说，是一种温馨的惦念，譬如香甜软糯的烤柿饼。

恰巧同学邮寄来两罐富平柿饼，看着奶白色的陶瓷罐上"喜鹊登枝，柿柿如意"图，我不禁莞尔，国人喜欢赋予一棵树、一件物品，或者一个数字等任何东西象征意义。而且在这种事上极具智慧，内涵外延无限，变成无需言说的精神交流。

的确，这是很好的感情深入点。因为这两罐柿饼，我整个下午都沉浸在往昔中。

在陕西，柿子不属于稀罕水果，但确有举足轻重的地位。童年的冬天，没什么水果，糖果也很稀罕。冬天一到，可供解馋的就当属柿饼莫属了。偶尔是某天晚饭后，母亲会分给我们姊妹一人一个柿饼，一家人围坐炉边，茶水咕嘟着热气……我虽不喝茶，却喜欢茶香袅袅升腾的温馨。

我的小手捧着柿饼轻轻掰开，果肉像果冻一样，晶莹剔透。咬一口，绵绵凉凉的柔韧感，带着浓郁的柿子味，绽出的糖浆安慰着嘴巴长久以来的孤独，在味蕾上激荡起回味无穷的涟漪。

那时物质非常匮乏，偶尔吃一次"甜食"，会幸福好久，食物单一，如果在食物上有小创新，都会让味蕾更加雀跃。比如母亲的烤柿饼。

其实，母亲在烤柿饼前，也会顺便先烤一两张豆腐皮给我们几个孩子吃。豆腐皮切成巴掌大，抹上大酱，铺在自制的铁丝架子上，豆腐皮刚放上去，就会迅速鼓起气泡，瞬间就酱香满屋了。吃烤豆腐皮，得趁热吃，酱香和着豆香的豆腐皮柔韧有嚼劲，凉了，就又干又硬，很像未煮到火候的牛蹄筋，嚼得腮帮酸疼。于我，吃烤豆腐皮的乐趣，不如看烤豆腐皮的过程。那时候，看着豆腐皮迅速地"长"出大小不一的气泡，我常常想，大雨瓢泼时，"雨水"也会在地面长出许多"泡泡"，虽然这是两件风马牛不相及的事，可每次还是忍不住联想到一起，乐此不疲。

烤豆腐皮只是拉开幸福的序幕，烤柿饼才是晚上真正的主角。酱香浮出，茶水蒸腾。手脚俱暖，空气中就有了缠绵静好的意蕴。豆腐皮烤完，母亲用毛衣签子扎着一串柿饼，在炉火上烤，翻动着，小心着不让火舌烤煳了。洁白的柿霜慢慢融化，柿饼的红意慢慢烤出来，香喷喷的味道弥散着，惹得我们直流口水。甜味也弥散出来了，让人更加轻松和惬意。

这个冬夜有多迷人呢？母亲耐心地翻转着柿饼，脸庞是彤彤的，柿饼是红通通的，炉火映照的墙面也是红通通的。看一眼爷爷和父亲已然没有了平日的严肃之色，红润爬上了他们的面颊，他们的眉眼舒展，透出慈爱来。

窗外雪花飞舞，陋室烟火沸腾。我很喜欢这种在满足味蕾之前，这炉火、这茶水、这烘烤过程带来的层层递进的幸福感，醺醺然，四肢百骸都透着舒畅。

烤柿饼烫，又烫又香。小嘴边吹边小口咬着吃，软、甜，热乎乎的再加上经过炉火烤过略焦味道，更加甜糯焦香，真觉得这香甜软糯的柿饼就是自然的恩物。

说它是"恩物"一点不假。儿时体弱，得了口疮又怕吃药，咬一口甜丝丝凉融融入口即化的柿饼，咽喉小病立刻就好了。如果是秋痢、肺热咳嗽了，母亲就将柿饼切成小丁与粳米慢火煮粥，喝两三天症状也就消失了。

时代的快速发展，蜂窝煤炉子已经消失在历史长河中。母亲老了，现在，柿饼已经是她饮食禁忌之列，我和母亲聊到当年的烤柿饼，母亲说她没尝过，说当年柿饼是稀罕物，后来改革开放了，各种零食、小吃蜂拥而来，也就没有再烤过柿饼。我黯然，那时的我们只顾得自己吃得开心，从没留意到母亲吃没吃一口。

如今，爷爷、父亲已经相继去世，我们姊妹也有了自己的小家。再也没有一大家子像当初那样围炉夜话，烤柿饼。虽然物质膨胀性地丰富，却并没有哪一种食物有像那时的烤柿饼，有征服味蕾和身心的幸福感。多年以后，每次想到那个冬夜母亲烤柿饼的画面，我总是会想起废名的《十二月十九夜》那首诗："思想是一个美人，是家，是日，是月，是灯，是炉火，炉火是墙上的树影，是冬夜的声音。"而我想说，母亲是个美人，在那个艰苦年代，我没觉得日子有多苦，大抵还因为，母亲对爷爷很孝顺，与父亲很恩爱。她让我和姐姐长大后明白，身为一位母亲、妻子在一个家庭里，如何与爱人一起给一个"家"营造一份温馨和踏实，让家人们行走在这个世界，无论经历何种风雨，"家"都是身心休息地方，给予温暖抚慰，找回面对现实世界的力量和信心。

没有母亲在身边的冬夜，因着这幅画面，我的世界便也有炉火，有爱的声音，缱绻着阻挡光阴的凉意。

（原文刊发于 2022 年 1 月 25 日《西安日报》）

楼上楼下

品牌落寞和美人迟暮一样令人叹息。

因为琐事太多，一年都没有逛街购物。虽然年底忙碌得恨不得自己是一条八爪鱼，但"过新年，穿新衣"也是从小到大不可或缺的讲究，直到大年二十九我才逮空直奔开元商场。

几圈转下来，许多熟悉的服装品牌已不见踪迹，有些已经调换了楼层。当我在三楼看到曾经在二楼精品女装区占据中央位置的某些品牌，落寞地在拐角处无人问津，或在负一层备受冷落，我忍不住驻足打量：衣服设计老套雷同，质感低廉，充满浓浓的淘宝气息，很难再与时尚与品位沾上边。

我想，能够停下来的顾客，不过是对过去有着隐隐的怀念，当情怀消失殆尽，如果不能快速准确地找到定位，抓住时尚元素，赋予新颖的创意情感，那么这些品牌的结果是一镜到底的。

其实，仔细看看，有多少耳熟能详的品牌陪着我们青春一路走来，却在不知什么时候悄然消弭。即使有些品牌尚在，却日渐式微，被人嫌弃。

我继续转下去，看着有的品牌前络绎不绝，有的门可罗雀，市场的调节功能真的比书本上来得生动。

消费者的期待即"市场"。一个品牌的没落，甚至消失一定是和消费者期待相差巨大。毕竟市场竞争是严酷的，曾经的"一招鲜"吃遍天下的时代，早已是过去时了。不管是个人，还是企业，都很容易停滞于原有的运行轨道，甚至稍不留神就开始走下坡路。

我拎着新买的衣服，行走在华灯初上的东大街。眼前的东大街宽阔空荡，熙熙攘攘的人群早已不见。一栋栋高楼和崭新商业综合体商厦气派而孤独。没有了人声鼎沸，这条大街就让人有了距离感和陌生感。

东大街，对我来说有无尽的情怀。在三十年以前，钟楼是西安唯一的"商圈"，百货商场以它为原点，以明城墙内东、南、西、北四条大街为延伸。而东大街则曾有着"西北第一金街"的美誉。90年代时，从钟楼到大差市，店铺一家连一家，过年购新衣，姐姐都会领着我从接踵的人潮中，从大差市开始，一路向南至钟楼，东瞅瞅西看看，每次都转到街市灯火通明，才心满意足地拎着购物袋回家。

购物的间隙买一个大华饭店的虾肉大包、几串骡马市口的烤鱿鱼、五一饭店的烤肉，再在新华书店购几本书，逛得虽累却快乐得无以言表。

改造后的东大街，少了特色，少了烟火气，也少了活力。随着西安城市骨架的不断拉伸，东大街落后的商业模式与业态的单一性愈发明显，曾经的积淀被逐步剥离，其商业中心的地位被夺走也是情理之中的事情。

同质资源一抓一把，如果没有独树一帜的特色如何在市场竞争中突围呢？社会日新月异，与时俱进已经成为世界对每一个个人和团体的要求。

有一句话总结得很到位：与时俱进，这便是最好的时代。沉于过往，这就是最坏的时代。

（原文刊发于2023年2月3日《三江都市报》）

杯盏间的芬芳

己亥年初冬，我随省散文学会宝鸡采风，参观了西凤酒厂。恰时冬阳正好，缱绻的酒香将整个厂区轻轻覆住。漫步其间，心也随之温绵下来。左右环顾，我与周遭的一切，似乎相隔的不是遥望，而是期许，仿若这次探访是冥冥之中的一种注定。

酒香是一个很好的深入点，脉脉地撩开我生命中典藏的时光。

很喜欢在过节的日子里和家人一起喝点小酒，酒意微醺时，过节的幸福感如缠绵的小春风在胸中微漾。陶然也！

儿时的记忆里，父亲再忙，也会在端午、中秋、春节这几个传统节日早早回家与母亲忙碌饭菜和家人一起过节。在无饮料可喝的物资匮乏年代，一瓶"西凤"绝对是"节味儿"的核心。

追溯我最初对酒的印象，当属端午节。

这天全家人围桌而坐却并不急于动筷，而是要先"点雄黄"。坐在上席的爷爷此刻一脸严肃。他面前摆放着两杯雄黄酒。

我和哥姐从大到小排着队，爷爷依次拿筷头在其中一杯里蘸一下，让我们张开小嘴，抿一下筷子，琥珀色的雄黄酒又辣又苦，可爷爷那庄重的神色让我有一种惧怕的威严，让我不敢哭喊。待小嘴抿完，爷爷又拿起筷子在另一个酒杯里蘸一下雄黄酒，开始点雄黄。"雄黄点一点，蚊虫不叮咬，雄黄点一点，祛毒保康健"，爷爷嘴里边念叨，边用手中的筷头在酒杯里轻轻搅动，每蘸一下，就点一个地方。爷爷手中的筷子就像画笔，橘红色的点儿在我们的眉心、耳内、胸口、肚脐、后腰……大小、颜色一点一点均匀盛开。点完了，我们听话地把肚兜下角轻轻放下，怕把肚脐上的"点儿"蹭掉了。

白酒加了雄黄，就不怕蚊虫叮咬，"酒"第一次在我眼中有了"魔力"。

当中秋节到了，凉菜、热菜勾引着我的馋虫，酒香浅浅淡淡地在鼻尖萦绕，已经酝酿出我浅浅的幸福。爷爷细长的手指轻端酒杯，不紧不慢地啜饮着。父亲给爷爷斟酒，神情和动作都透出了父亲的孝顺和恭敬。我被这温馨又庄重的感觉打动，"爷爷，我也要喝……"我忍不住央求爷爷。"那就给丫丫喝一小口吧……"在爷爷话音刚落的当儿，母亲将她的酒盅递到我的唇边，"轻轻抿一点儿……"鼻翼被酒香充盈，我轻抿了一下，刹那间，我的小舌头烘的一下起火了，迅速在口腔蔓延，继而是胸口、脸颊，一种温热的、轻飘的奇妙感觉。

清酒下怀，月悬中天。这情景牵出了爷爷的诗情："年年佳节泪心酸，今夜杯中酒味甜。古稀余年风中烛，老来身弱夕阳天。耳听飘笙歌盛世，目睹兰桂秀街前。举斛对月开怀引，莫负人月两团圆。"那时不懂爷爷的那番感慨。只觉得喝酒吟诗挺有趣。

酒意微醺，母亲讲着嫦娥奔月的故事，我惬意而满足。

于是盼着过年。终于盼到爷爷在书桌的钵里养了水仙。常常跑到爷爷房间看水仙何时花开。水仙花开，年就到了。果然，烹炸的香味满院飘香，我和姐姐的手心里也握了几块水果糖。母亲边给我们发糖边塞进我俩的小嘴里，交代从现在起不许说不吉利的话，端碗持杯要小心，不许打破……甜味在舌尖漾开，小脸也漾开一朵花，我们自然乖巧地答应着。

大年三十儿，父母在厨房忙碌着国人情怀中最重要的团圆年夜饭。此时，不管多远，不管多累，回家，是每一个在外游子不变的主题；回家，只为赶上那一顿象征着大团圆的年夜饭。我们家这顿"团圆饭"菜品很有讲究：鸡鸭鱼肉、菜蔬果豆，无论怎样都要凑够十个菜品，取"十全十美"的彩头。

爷爷在房间挥毫写春联。在饭菜端上桌前，爷爷带着我们吟着"斗柄星光已回寅，桃符户户又重更……"春联、大红"福"字也贴好了。

打开平时不用的大圆桌，摆上新买的碗筷。两个颀长的绿色玻璃瓶鹤立鸡群，瓶身红色图标上的凤凰栩栩若飞。

杯盏碗盘蒸汽腾腾。按长幼齐聚落座。

酒瓶启封，父亲把酒倒进铜酒壶里温热。酒壶长长弯曲的嘴，倾出细细的酒线斟满每人面前的白瓷小盅。酒香直扑鼻孔。"爸，我和孩子们敬您……"父亲带领我们举起第一杯酒。

我的面前也有一杯斟满的白酒。面对自己眼前这杯白酒，我有种长大的感觉。看着父亲一饮而尽，我也不由自主喝了一大口——穿喉的火辣！辣味迅速在舌尖扩散，进入胸腔，周身暖意四起。突然领略了冬日饮酒的妙处。

"桂花，你辛苦了，照顾爸照顾孩子们……"父亲敬母亲。母亲幸福的脸上两朵桃花飞上来。

"这第三杯，我就取龙凤呈祥的寓意，希望乘着改革开放的春风，家里的日子红红火火，孩子们健康成长！"

碰杯！每个人心中美好的感觉随着酒波荡漾，酒香弥漫，醺醺然陶陶然。再看连平日严肃的爷爷脸上也打了一层柔光。

窗外爆竹声声，屋内酒香温暖。"酒"给过年的这种幸福感凭添了让人沉醉的荡漾。

喝酒的趣味在什么地方，我以为浅尝辄止，方得酒趣。这种恰到好处的醺然就仿佛身上有一抹恰到好处的阳光带来的和暖。

酒香环绕牵引着思绪，也牵引着我的期待，今天终于可以亲睹"老友"如何从一粒高粱到一滴酒的幻化，终于可以追溯它所承载的历史人文。

掩映在梧桐道旁的老厂房虽是 20 世纪 50 年代的苏式建筑，车间却是现代化的生产线。制曲、蒸馏、存储、勾兑、质检……烦琐严谨的工艺流程，让我觉得这次追溯本源的探访仿若是对一本书的二次阅读，是一个温故知新的过程。立于两米多高荆条编制的大酒海前，讲解的老师说："酒从酿造开始虽独具各自特色，但出酒还有粮食的火气和粗糙的脾性，只有把酒放入酒海三年五载或是更久，这些东西才能被一一消融掉，它的性情才会经过时间的洗礼最终变得柔和、澄明。"

总觉得"酝酿"是一个静默而诗意的过程，看似不动声色，却在封存中，此次相容，将青涩与粗糙都打磨去，在启封的那一刻拉开宏大的序言，开启舌尖的况味和一段柔软缠绵的人世光阴。

民以食为天，酒为食精华。酒因五谷陈酿而超越了五谷饱腹的意义，而成了寄托了人喜怒哀乐的精神琼浆。它让我想到乡野、温厚的土地，还有智慧的先民将自然的馈赠诗意地享用。它也让我想到，在古人的唯美与现代的高速之间的确需要一种介质在物质和精神的两极保持平衡。比如绘画阅读，比如种花养草，比如这杯盏间的芬芳……

（原文刊发于 2019 年 11 月 27 日《散文之声》）

给女儿的一封信

亲爱的宝贝：

即使你这么大了，我们依然喜欢这样叫你。一直觉得父母与子女是世上最亲近、最依赖也最具有责任感的一种关系。除了爱护你，我们能给你怎样的人生指引，如何培养你自己规划人生的能力？我们也在思考和学习。

这次中考的成绩不是太理想，虽然有你骨折做了两次手术和体育免考的双重原因，但现实是分数的高低决定学校的好坏，我们虽然都不是"唯分论"者，但也不禁焦虑和不安。

那天你爸开车带你和姐姐出去玩，回来后，你姐问我，"二姨，我在车上看手机、玩游戏，没想到潼潼连看都不看，要是瑶瑶在车上，她早都凑过来了，她咋有那么强的自制力？"是呀，周围沉溺手机的孩子太多了。

你的自制力还是让我们很欣慰。小学毕业前我们就很少让你接触手机，初中时为了便于接送，才给你了一部旧手机，但我要求每晚给你的手机必须放到我房间，你从来没有落下过。

平时如果偶尔有时间，你也会选择家里书架上的书看……说实话，在回答你姐姐问题的时候，我突然发现，你的这两样优点，让我一下子不那么焦虑了——有一颗静心是多么难能可贵呀！

临近中考时，补习班老师给我打电话说，班上男生给你写情书的挺多，让我留意一下，我虽如临大敌，但故作镇定。

那天我们母女俩散步时，聊到早恋这个话题，我问有没有男生喜欢你，你扑哧一下笑了，"我不否认，但我给你保证我没早恋"。我望着你的眼睛，感觉你不像撒谎。我们又聊起娱乐圈的一个事件，你直接对我说，"妈妈，我是不会三观跟着五官走的"。然后你抬起胳膊一下搂住我的脖子问，"妈妈，满意否？"我当然选择相信你，但是关于"早恋"这个话题，我还是想说，其实，如果说有男生喜欢你或者你爱慕哪个男生都不足为怪。这种好感，比如彼此信赖、欣赏、促进，你要知道，真正的友谊也是具备这些特质的。对于还未成年的你们来说，很容易将异性朦胧的好感当成了爱情。一个年龄有一个年龄的责任，现在的你，就是好好学习，增加你的知识积累。

7月底你去补习班上课六天，不回来。晚上看到老师发给我你写的心得：梦想的确立可以激励着人一点一点地不断前进，向目标进发，想要实现梦想，首先要做的就是考上一个好的大学，这是实现梦想的基石。

晚上我坐在书桌前，反复看着你写的心得，就很想给你说几句话。还是说说，为什么要读书学习？

务实点来说，你的学历文凭决定了你走出大学时，就业的圈子和范围，你从事的工作对文凭来说很多都是硬性的要求，是你的"敲门砖"。

从精神层面来说，读书学习可以多维度了解世界，有一个相对清晰的自我认知，因为我们都只有这一辈子，怎样不虚度此生，早一点思考，早一点确立，你将来走进社会才会少一点迷茫。

高中阶段是人生的重要阶段，一个良好的学习习惯（会学习）非常重要。总之，多思考，多阅读，多关注新闻，这些都会内化成你的综合素养。上大学虽不是唯一实现自我价值的条件，但上大学可以系统地建立你的认知体系，让你在人生选择和把握上有较清晰的目标。"知识体系、价值观、社会责任……"这些都是在从小到大的读书学习中培养和确立的。

不知道你会理解多少，还记得我们一起看《觉醒年代》，陈独秀说："青年如初春，如朝日，如百卉之萌动，如利刃之新发于硎，人生最可宝贵之时期也。"你当时说，"总之一句话，青春是用来奋斗的！"就用这句话作为此信的结语吧！因为这句，我甚喜！

爱你的妈妈

2021.8.5

（原文发表于"长安夜话——一封家书"栏目）

行走的笔墨胸襟来

原来，"字"是可以带着风的。

当我走进西安美术博物馆二楼吴振锋先生"书生意气"书法展厅被四周的书法作品包围时，行走的笔墨"刚柔并济、八面生风"带给我的触动无疑是震撼的。

我不懂书法。在此之前，一直认为"字"是静态的，书法虽然作为一种传统文化，但在情感的表达上远不及绘画、诗歌有感染力。然而此刻，这些"字"似乎和我的内心取得了某种联络，感知一种心绪情感。我想这就是"风"之所来吧。

其实说是气韵更合适。站在展厅中，因为空间距离，视角的多变，尺牍、对联、题跋、扇面……篆、隶、草、行、楷，疾走的墨痕用疏密浓淡、弛缓错落告诉你什么是情态自由。

这里充盈着端庄厚实的拙朴之气，也弥漫着风行水面之韵。小字，娟秀而不局促，大字，舒朗而不空旷。这是倾眸之间，瞬间传达到心的一种感觉。

一边欣赏，一边品味。近四百幅作品涉及诗歌、杂说、千字文、心经……书者的心性与自我追求若隐若现。恍然又明白一点，书法也是修养的外化，知识的记录。有句话说，你读过的书都在你的举手投足里，而现在，读过的书就在这一幅幅字里。

由此可见，书法也是有立场的，带着个人的色彩。

欣赏作品最好结合作者的人生轨迹来看。

吴先生生于陕西商州，骨子里有大山的坚韧质朴。师从周俊杰，所以吴先生工篆隶，隶书尤佳。作为陕西美术博物馆收藏部主任，多年从事书法理论研究，这些经历也沉淀了他艺术个性。

我也很讶然先生将姿态迥异的字书写在秦砖汉瓦、陶瓶土罐、英文报纸、桦树皮上，用线条、俯仰、顾盼，转折完成了一种传达，打开与汉字相关的诗意想象。这就像演员和角色之间有一种不可言传的奇妙缘分，相得益彰则大放光彩。这种结合改变了书法的表现空间，使平面艺术呈向立体，具有丰富的含蓄的意味；另一方面，书法作为一种具有自觉精神追求和独特美学韵味的艺术，因为不同载体，更多地诠释了生命意味的形式，即赋予了载体以性情，使之与生命律动、精神感悟融为一体，达到器与道的和谐统一。法国艺术家罗丹曾言："艺术创造的形象仅仅给感情提供一种根据，借此可以自由发展。"创作者操觚染翰能随意驱遣，顿挫使转、变化多端地再现生活，欣赏者也能按照自己的阅历、学识去理解作品进而去理解生活，当作品与欣赏者之间有了感悟，产生共鸣，作品才有了现实意义。

作品《雾霾》远观如一朵黑云铺张席卷，移步近观，越近越有压迫感，仿佛这团黑云真的就要飘进鼻孔里。再看题跋的一行小字：我知道只有保洁公司是不够的。文字意象绘画的表达，生动耐人寻味。

萧何说："笔者，心也；墨者，手也；书者，意也。"作品《君子庄敬》《风入松》《石敢当》这几幅作品均采用隶书，端庄、清正、拙朴。先生不在眼前，确如拨云见日由书境而见入境。意在笔中，让一滴墨有了起伏呼吸，让欣赏者也心生涟漪。

我想就是因为世事洞察，人情练达，身心和谐了悟，书法与才能和性情交融、字的书写才能有这样弹性与广阔，这样层次分明、张弛有度。可见，书法也是需要时间成全的。

步履徘徊间有兰草的清扬。我又望了望《石敢当》，该怎样才能体味出这句话的分量呢？

天黑归家，穿行霓虹之间，竟有几分"微雨浥轻尘"之感。我想起一句禅语：所有的物种一生都是被渡的过程。

（原文刊发于 2018 年第六期《西安文艺界》）

终南山下的那抹烟波

　　周至是爷爷和父亲的安息之地，每逢过年、清明……我们都会一大家子去拜祭。多次经过周至的沙河水街，可每次都车多人多，也只能在车上远远地望一眼便绝尘而去。那个曾经的垃圾堆，现在是水色淼淼，一派水乡美景。许是悼念的伤感情绪，再凝望的那一眼里，总觉得这一片水色就是终南山下的一抹烟愁。

　　二月的西安，还带着寒意。拜年的琐碎很想让人觅一个山水之处。"水街"，这个诗情的名字带同画意的景致就从脑海里跳了出来，此刻我很想触摸这里。

　　当水街再次展现在眼前，站在古式街门的入口台阶，居高远眺，此刻这里没有烟愁，却是一片市井的喧闹：古色的店铺——挂着红灯笼的木房子、茅草棚鳞次栉比，沿着两侧的河堤绵延在微黄的柳条里，每家店铺前游人挨挨挤挤，如蛇似的在河堤的两岸攒动，望不到边。直至目光游离至水色浩渺处，看到几艘仿古船静泊于水面，才似乎有了些"水乡"的味道。

　　随着人流，顺着河堤左侧的小路蜿蜒漫步，踏上木质栈道的亲水台，微凉的风带着水汽润润地扑鼻，远处飘荡着竹排，许多游人，在此捕捉仿古游船从此开过的留影。望着游人千篇一律的摆拍造型，心里会意地笑笑，西北水少，这水这船多多少少勾起了人们的江南情怀。临水照影，忍不住遐想，如若一袭长裙，是否更有江南的柔美清雅？

　　漫步在传统民居的街道，青色砖石门楼贴着对联、门神、挂着灯笼，木房子、茅草庵门前的石槽，磨盘、碾、粗坛子……体现关中民俗的沿堤店铺总是让你对久远的乡土元素有种久违的亲切。随意踏进绣品店、酒肆、土特产铺……老板热情实诚地向游客介绍商品，或者周至的民俗、美食等，而并不在意游客是否消费。

踏上河中的木板桥站在河心处，视野无限开阔，这船儿竹排，这飞檐翘角的仿古建筑群、这大红灯笼、热闹的街市……这一切的景象与水里的倒影就勾勒了一幅烟雨图。穿过木桥，沿着右侧的河堤继续徜徉，这一侧特色的关中小吃为主：凉皮、烤面筋、喜神醪糟、荞面饸饹、三原蓼花糖、乾县锅盔……有吃的地方，氛围就活泼了些，个性的"标语"也很有趣："本店禁止泡帅哥，但店主自愿除外""不买，白来一次"……吃着特色小吃，品着卖萌的无厘头广告语，倒也是一种乐趣。

走到临近出口时看到横跨河上的公路大桥，桥底下的河床上铺了许多磨盘，水几乎和磨盘齐平缓缓流过，往来的人们沿着磨盘鱼贯而行，"水"就在脚下，离我如此之近，街区设有：水道门、水义门、水勇门、水直门五个出入口，代表着孔子的道、法、义、勇、直五种水德。我不知道，有多少人会深层次思考水的五德，但即使是从字面上浮光掠影的理解，也是一种文化宣贯。我们行走看风景，不就是这一点一点潜移默化地积累，不就是我们将自己融入其间的释放和吸收，来平衡生活？

这里是原沙河基础上改造的湿地公园，在西安众多景点里，论积淀、论名气，这里都不能比，但是我能看到当地政府的翼翼诚心，要知道，水街的前身是周至县城南的一条自然河道——沙河，随着工业时代的发展对自然环境的破坏，河道的水渐渐干涸，居民将垃圾随意向河道倾倒，逐渐这条河道就变成了臭气熏天的垃圾堆放点，地下水污染……现在垃圾清理掉后，大量的绿化净化了地下水源，空气也变得湿润，生态恢复，生态链也重新完整循环。

我爬上公路大桥，远处的终南山淡然悠远。一波一波的游人在眼前舒眉展眼地离去。再凝望一眼这里的青砖土瓦、茅屋柴门，再看一眼这里的水景如画，即使是在这里小憩须臾，再次归于红尘，便多携了一份悠然。这也许便是山水之境与我们骨子里亲山乐水的默契呼应。

悲情田小娥

一本好书，总是让人不忍释手。爱人下载了电影《白鹿原》与我同看，他觉得电影尚可，我却觉得电影已把原著简化得没有了灵魂。对电影的失望，使我有了想再看一看小说的冲动。十几年后再看这篇著作，已不是当年的消遣心情。夜深人静，我沉浸在小说的世界里，小说从清末写到 1949 年，气势恢宏、浸透传统文化，甚至有些宿命的神秘感和悲怆。田小娥死时惊异而又凄婉喊的那一声："啊……大呀……"和那双黑暗里透着亮光的绝望的双眼，震颤出我的泪来。让我今夜无眠了。

我深深地同情追求幸福在封建礼教残害下有些变态的田小娥。看似放荡的文字下，我更多的是看到了一个女人的抗争、无奈、执着，甚至愚蠢……这是一个和命运斗争的女性，却逃脱不了封建礼教这个大网，连死都不能安歇。

田小娥是白鹿原上一位秀才家的女儿，如花似玉。她的书呆子父亲田秀才因考举人屡考不中，一直考到清廷不再科考才无奈不考了。这也导致本就不是大户人家，没有啥经济来源的家境更清贫了。

恰好此时，年过花甲的大财东郭举人要纳小妾，于是田小娥就给嫁给了过举人做妾。田秀才用"嫁"女儿的方式，换来了银两，买了田地，雇了长工，也做了回"地主"。从这看似"嫁"，实则是"卖"女儿的那一刻起，田小娥的悲剧已经拉开的序幕。

田小娥属于传统女性（逆来顺受）与新型女性（独立自主）之间的过渡。

她淳朴善良，却又不似白灵那样有彻头彻尾的新思想武装，勇敢有主见。她用自己的方式反抗郭举人，她主动勾引黑娃，表现出的不安分，为她最终悲惨结局埋下了一个伏笔。文中她三次对黑娃说着类似的话："兄弟呀，姐在这屋里连狗都不如！我看咱俩偷空跑了，跑到远远的地方，哪怕讨吃要喝我都不嫌，只要有你兄弟日夜跟我在一搭……吃糠咽菜我都高兴。"此时的小娥是单纯善良的，对未来的生活充满渴望，她小小的愿望就是找一个能体贴她的好男人一起甜蜜生活，哪怕吃糠咽菜。

可是传统的封建礼教怎能容忍一个伤风败俗的女子？黑娃将她带回村后，受到村人的排斥，挤出了村外，在一处破窑安了家，同时这也成了是非之地。黑娃离开后投军成了革命军，后来又当了土匪。小娥为了救黑娃而和鹿子霖睡完觉后鹿子霖要给她钱时，小娥还是突然缩回手："不要不要不要！我成了啥人了嘛？"那时的小娥还是有自尊的。为了要生存，周旋于鹿子霖、白孝文之间。她一边渴求爱情又一边不由自主地委身于不同男人以求安宁，而一点一点地走向堕落。两次被绑到祠堂挨刺刷，鹿子霖把小娥又一次地当作诱饵抛向复仇的深渊。当她尿到鹿子霖鹿乡约的脸上时，我认为是她又一次对男权的反抗和蔑视，但是这和她把将郭举人的泡枣扔到尿盆里的反抗一样，没啥实质性的作用，并不能改变她被奴役的命运。

田小娥被人利用的岁月里，除了让人觉得可悲又可恨而又觉得无限凄凉。白嘉轩的母亲说："女人，是糊窗户的纸，破烂了，撕掉再糊一层。没有后代，家有万贯也是别人的。"一语道出了那个封建礼教女人可怜的社会地位，女人都看轻女人，深刻反映出了女人对于封建礼教残害的麻木！所以田小娥的反抗精神就显得难能可贵！小娥与兆鹏媳妇可以说是有着相同的处境，两人选择了不同的道路，小娥冲破重重压力与黑娃跑到一起，而兆鹏媳妇却活活地被人性压抑致死，谁又能说她不可怜呢。面对着礼教的压力俩人走了不同的路，却有了一样的悲剧结果。小蛾死后变成飞蛾，飞蛾扑火自寻死路，那时候的社会就是火，封建的火，人们内心的火。

在当今社会，女性的社会地位正在逐步提高，"男女平等"不再是一句口号，新世纪的宏伟大业，为广大女性提供了施展才华的广阔舞台，巾帼不让须眉的例子比比皆是。她们优雅、自信、知书达理、能进能退，她们用知识武装自己，营养自己！各行各业都有她们自信、勇敢、活跃的身影！当然，也有些女性认为"学得好，不如嫁得好"，或者甘当"二奶""小三"者，将命运寄托在男人身上。女人能年轻多久？无忧多久？身为依赖成习惯的女性，如果有一天发生意外，能否自给自足？时代在变化，人的观念也要与时俱进。在这里，我想说：作为当代女性，我们无论身在哪里，地位如何，都要首先尊重自己，相信自己并强大自己。有完整独立的人格，在经济上，不依靠任何人，在精神上，不是某个男人的附属品。这样才能避免田小娥式的悲惨结局！也许，上天并没有给我们足够的资质、机遇和家世，让我们成为抢眼的明星，我们只要有信心，依然可以活得自信美丽！

（原文刊发于 2014 年 3 月 1 日《文化艺术报》）

精神的据点，心中的岛

可以说《西安晚报》是我童年时期，每天最期待的读物。虽然只是一份报纸，但却是我认识世界的一个窗口。

那时刚刚改革开放，父亲成了较早的下海者。除了每天的《新闻联播》必看，家里还订了《西安晚报》《参考消息》《南方周末》。父亲认为看报纸可以了解时事动态，及时掌握国家大事，方针政策，使思想与时俱进，不仅利于他生意上的方向和决策，更能全面客观地审视当今的时代与社会。做生意的父亲，其实在家里并不善言谈，他说话总是言简意赅，比如父亲对我们说过，停止学习，停止了解世界，是最可怕的事情。

父亲浓眉方脸，每次看报的时候，总是每份报纸都从头版认真依次看起，他认真的表情，常常让我感觉，他是一个思想者。这时候，我总是很懂事地不去打搅他。父亲早出晚归，对我的陪伴并没爷爷多，于当时的我来说，我对父亲的尊敬是大于爱的。

我更喜欢我和爷爷在一起的松弛和闲适。我至今脑海里常浮现这幅画面：阳光跑了一天，斜倚在屋檐上小憩，一抹穿过爷爷房间的窗户，透着暖暖的玫瑰红笼罩了小屋。爷爷在写字或在看书，伴着缓缓扑鼻的茶香、墨香，而此刻，我就坐在爷爷桌旁写作业。爷爷时不时地抬起看书的眼睛，或者停下写字的笔，扫一眼做作业的我。写完作业，我和爷爷一人一份报纸，我总是直奔《西安晚报》副刊而去，国际政治、柴米油盐那时离我太遥远，诗歌、散文、小说带给我的精神满足，总是让我对未来充满朦胧的希冀。爷爷也很关注副刊，曾说副刊有大家气象，的确贾平凹、陈忠实、茹桂、冷梦等陕西文化大家，在《西安晚报》留下了最初的创作脚印。

喜欢看，自然就喜欢写，除了作文常被当作范文外，我也喜欢写日记、写诗歌、写读书感悟。

读书看报就这样坚持了下来。直到 2005 年父亲和爷爷相继去世，报纸也停订了。那时我刚生完孩子，爱人又在北京学习，我抑郁失眠，似乎身边包裹着我的那些日常，只独独抽走了温馨的部分，我的精神没了着力点。报箱许久没打开了，望着空空的报箱，想起父亲临去世时对我们说："你们要好好活着。"

怎样算好好活着呢？我重新订了《西安晚报》，爱人也让我辞去工作，办理了随军，我又恢复了读书看报、写日记，看书写心得的日子。经历过生离死别，再次徜徉在书报中，似乎有种神秘的动力，阅读如黑暗尽头的一颗星，吸引我探寻，我在日记写下小诗：

明月打开黑暗之门

把一路的星星点亮听说

每一颗星都代表一个愿望若是真

便想摘下最在乎的那颗星使劲地捂紧

让它在我的掌心发光发烫

在生活和活着之间找到了支点，我的头脑日渐清透，内心平和安然。2008 年，试着给《西安晚报》投了一篇散文《大明宫遐思》，刊发在了 7 月 27 日的副刊上。我久久凝视着报纸，给所有家人打电话，泣不成声。周末，哥哥开车，带着妈妈、姐姐和我一起去了墓园。我打开报纸，把这篇文章朗诵给父亲、爷爷听。作为忠实读者的父亲和爷爷这一刻应该是最幸福的吧？那天阳光很好，天蓝风轻，鸟儿也叫得欢快，像是一场久违的家庭聚会，每一个人都为父亲的期许"好好活着"，在寻找着答案。

第一次投稿成功，给了我很大的鼓舞，2012 年我成为一家报刊的"本土写手"，《西安晚报》《西安日报》也成了我投稿的主阵地，发表了诗歌、散文有十余万字，这期间也加入了陕西省作家协会、中国散文学会。回首我与《西安晚报》的缘分，非常感恩这几十年来，为我搭建起的这座沉淀心灵的人文殿堂和亲情链接。席慕蓉有篇散文《给我一个岛》曾说："我现在才明白，所有的欢乐和自由都必须要有一个据点，要有一个岛在心里，在扬帆出发的时候，知道自己随时可以回来，那样的旅程才是真正的快乐。"《西安晚报》与我，就是那个据点，那个岛。

（原文刊发于 2023 年 6 月 22 日《西安晚报》）

拓荒

在我们小区的对面，有一个很大的土塬，如果不上去看，一定不会发现这个土塬上别有一番风景。

土塬有两三层楼那么高。两年前在我还没有入住时，这里还是正在建设的新区，房子刚开始装修的时候，那时恰逢冬天，小区尘土飞扬，钻声隆隆，我想寻找一个晒太阳的去处，费劲地爬上去过。

衰草零零，倒是一种藤蔓类植物，似一条条经络，灰褐色的叶子干枯得近乎看不见了，还依然缱绻，随着脚步的探索蔓延着，一直到塬上。塬上是好大一片宽阔的荒地，就那么平静躺着，长满灰黄色的蒿草和几棵遥遥相望的树，漫野苍茫。好在那天无风，阳光温润，天蓝明净，茕茕孑立的我站在这一片荒凉里，竟有几分心远地偏的豁朗。

再登这片土塬是在小区入住的时候了。

一天傍晚我和爱人散步时，发现那个土塬的斜坡被踩出了好几条蜿蜒的小路，好奇地沿着其中一条爬上去，上面的景象让我们惊呆了：干枯的荒草没有了，大片的荒地不见了，呈现在我眼前的是一块一块的小菜地，地势高低不同，小菜地也高高低低的像一页一页展开的书，这一块块的小菜地大概占据了空地的一大半。有的菜地周围用树枝筑起了矮矮篱笆，有的搭起了棚架，让这片曾经的荒地平添了几分散淡的诗意和闲适。

"篱落疏疏一径深"，我在菜地间的小径上游走，夕阳下各种蔬菜你说不出哪一种更诱人：青菜、莜麦菜水灵的仿佛能掐出绿色的水来，亭亭玉立的小葱、紫亮的茄子摇摇欲坠挂在纤细的叶茎上，半青半红的西红柿三三两两地挤在一起，像画笔下的静物，凑近一看，细细的白霜还透着绒绒的质感，两排豆角架，秧蔓顺架而上，错综盘结，至空中亲密拥抱连成一体，叶片葱绿，豆角依依，几朵白花紫花点缀其间……

在一块儿地头前，我俩发现了用砖头垒的"凳子"，一块"80cm"的瓷砖支撑的"桌子"，坐在"凳子"上，吹着夏日的凉风，夕阳映在这些瓜芹小菜上，庄稼和泥土独有的气息、草丛里的小虫鸣叫让我第一次感觉土地上的生命如此细腻生动。我俩都没说话，静静凝望着夕阳，静静地感受着陶渊明躬耕田园那一份找到自我的悠然。有人陆续拎着水、锄头上来，他们是来浇水锄草，或者继续开垦荒地的。自食其力的慰藉，锄豆收粮的满足，在他们的面颊间充溢着，流淌着。说实话，此刻我的心间竟然也有一种说不出幸福感，还有一种莫名的感动。

是那种生命的张力带来的感动，这张力来自土地（荒地），也来自拓荒者。

现在每天经过土塬的时候，我都能感到那蓬勃遍野的张扬，招摇在四周的云天里。也会经常会上去走走，有次遇见一位热心的爷爷对我说："丫头，煮个面，涮个火锅，你就来这里拔菜，别不好意思，我根本吃不完，我呀，泥性得很，自小亲近庄稼、土地，现在退休了，种菜让我快乐踏实。"他嘴里说着已经拔了菠菜、香菜、生菜、小葱，装了一袋子递给我。"真的，别不好意思拿，这里不止我，种菜送人平常得很。"

我拎着菜，感动这温情的馈赠，再次打量，从荒地到整饬成一畦畦庄稼地，曾经貌似干硬冷峻的土地，现在温柔地滋养这些丰盈而饱满的生命。我目睹着这片菜园蓬勃，这每一锄头、每一瓢水、每一滴汗不都是野草与庄稼、荒凉与蓬勃的博弈？这片荒地经由这些"拓荒"的手"重生"了。那么我们内心的荒地呢？有人说，心灵不会是一块闲置的土地，你不种庄稼，它就长杂草。

　　想来，每一个人的心都不是天然的绿洲，尤其现在都市的喧嚣和忙碌，那么你的心灵在一番寻觅之后，你会投身什么？而后，笃定于心之所向，将人生耕种得葳蕤生光。

（原文刊发于 2023 年 12 月 9 日《陕西工人报》）

以爱之名

出阿房宫收费站继续向西行驶，四野逐渐疏朗，天空也开始辽阔，车速加快，竟有种"奔赴"之感。同行的车上，有从北京来的冉老师一家，他三年级的女儿一一，扑闪着毛眼眼，也和大人一样专注地望着窗外。或许，仅凭"咸阳"二字弥漫出来的民族脉息，就足以让人细细打量与阅读。一一的专注，我猜想，除了对这个世界的好奇，还有期待"丝路欢乐世界"揭秘的想象。

老师一家这半个月都在旅行的路上，用冉老师的话说，切身感受，才能建立起属于自己的认知。

我的思绪在历史碎片里驰骋，直到我的目光被一个地标性建筑——"芭蕾舞者"迎接，才意识到，在这片土地上，中西文化的融合发扬与丝绸之路的精神内核一脉相承。

眨眼间，车已经停在"丝路欢乐世界"精美的建筑景观前，如同当年看童话的小姑娘，走进了梦里想象了无数次的瑰丽城堡，确切地说，"这座城堡"是依据丝绸之路沿线最具代表性的特色地域，而开发出来七大文化主题街区的组合。

有些东西是藏在心里的，不时会悸动，就像我徜徉在这里，感受着建筑之美，体味着异域风情，真的就是走进童年的感觉吧，每个人童年大概心中都有一个城堡梦，在那个梦里，有旋转木马，有演出舞会，有王子公主……

特色演艺，丰富多样的异域美食，立体展现着丝路沿线地区的风土人情，而黄金城漂流、太空星云、过山车超速极光的体验，给童年的城堡梦有了具象的感受。一一的眼睛，闪烁着星光，随行的老师们，眼角不经意挽留的笑颜，眉梢游走的天真，是童心重逢还是童心从未打烊？

童心一旦开启，快乐也容易彻底。演出，依然是最吸引人的部分。琴音剧院里《丝路之声》音乐剧盛大启幕，全新升级的裸眼 3D 技术与全息投影，将虚拟场景和现实舞台融合，演出的感染力从坐下那一刻就开始蔓延。浑仪旋转时空，大漠、草原、长安集市，斑驳光影……时间与空间维度微妙的延展互动，骆驼、马、白狼、八哥鸟等木偶的新潮创意，中、西乐器的碰撞……《世界之门》《血与汗》《星辰相连》《鸥鸠》《布谷鸟》歌声潮水般漫过来，如疾蹄般奔拂，如清风般浅吟，潜进我内心的洪流，该怎样形容这场拥围？这一刻，我似这旋律怀抱里紧紧搂着的树叶，陶醉在久违的春光里。轻摇滚，古风与剧情完美贴合，在这场表演中获得了更大的张力。

谢幕的掌声经久不息。

其实《丝路之声》讲述的故事并不复杂：一个海外出生的华裔少年，机缘巧合下在博物馆穿越到汉代长安，经历了一连串的冒险，最终完成自我的身份认知和文化认同。故事很简单但意义非凡，伴随经济全球一体化，在快餐文化裹挟下，个体与文化的分离感、冲突感带来的迷茫，日常中的确需要借助于多种形式体现这种文化氛围，宣示文化归属，缔结一份共同的情感。其实略作思考，文化认同听起来宏大，与我们生活有着距离，其实中国的节气、传统节日、民风民俗、神话传说、书法、戏剧……关联着生活的这些日常，稍作回眸，就会走进一条河流——中华文明之河。

树有根，水有源。随着文旅文艺的火爆，越来越多的人看表演不是走进剧院、演艺厅，"旅游景区"从景点观光向休闲度假、深度体验的转变，更加注重精神文化层面注入，吸引着更多的人。这种亲民的方式，使我们从喧嚣、忙碌中抽离，让心灵放松和治愈，也让我们在传统文化的浮光掠影里回望，这种回望打开了"追溯"的据点，完成了文化的另一种抵达，一种凝聚。

从剧场出来，丝路欢乐世界灯光璀璨，游人依然络绎。——在广场撒欢奔跑。我仰望着广场中心的那座 139.21 米的"丝路舞者"——爱之塔。2000 多年前，我们的先辈筚路蓝缕，穿越草原沙漠，开辟出联通亚欧非的丝绸之路，建构了东西方世界互相连通的交通网络，在"以和为贵"的宗旨下，文明融通。现在，"一带一路"已顺利进入全面阶段，说来，文明的交流与互鉴一直是人类命运共同体发展的一条主线，这个理念千年如一。所以我常常这样理解丝路精神和"一带一路"，就像"爱之塔"含义一样，从来都是以爱之名。

（原文刊发于 2023 年 8 月 25 日《作家文摘》）

冬意隽永

四季各有其美。而在我眼中，冬却比其他季节独具了一层诗意。而这层诗意，大抵来源于心境。

在多数人的眼里，冬日寒冷，冬日萧瑟，冬日凄清，冬日只有落叶覆盖大地，大雪覆盖落叶，阴郁的北风吹来的苍茫。然而，冬日安详，冬日质朴，冬日有鹅黄点树，松竹长青。于我，冬日里还有暖阳，还有袅袅升腾的中药香。

我喜欢这种接近书香的味道。

前几日去药店买药，发现中药柜台有位坐堂老中医，因近日头晕，遂伸了胳膊过去把脉。老中医开好了处方让收银员电脑录入收费，没想到收银员让老中医把处方念给她。看着正在忙碌的老中医，我就拿过处方给她念，那位老中医诧异地问我怎么会看处方。我说，是爷爷教我的。

大抵老式文人都懂些草药。小时候，日常伤风、小儿积食，爷爷都会开几服中药让母亲煎。每次煎药前，爷爷都会将中药包打开，告诉我们，哪个是当归、白芷、桔梗、橘络，哪个是砂仁、熟地、半夏，这些充满诗意的草药名，弥漫着独特的芬芳。我喜欢看母亲煎药，中药倒入砂锅加水浸泡后，放到蜂窝煤炉子上，用筷子搅拌一下，盖上包中药的桑皮纸，水开后小火慢煨，随着水汽沸腾，药香弥漫着特殊的草木气息，竟使陋室有了几分雅致和禅意。我喝药从来不用母亲哄，端起碗就一饮而尽。乖乖地喝下，不仅是因为不用打针，而是觉得这些能治病的植物具有某种神性。周作人在《草木知秋》中说过："生病，吃药，也是现世的快乐呵。尤其吃中药。"喝中药我虽没喝出快乐来，但是喝中药，嗅着中药香，我内心却有踏实的妥帖与温柔。这些植物曾在山林间摇曳，风雨中舒展，被炮制成的祛病良药，既有医者仁心赋予其上，也有大自然的厚爱蕴含其中，内心自然是饱含了亲近与敬畏。

日常保健，且不说葱白萝卜水，甜甜的甘麦大枣汤也是冬日常喝的一种。尽管窗外树枝在寒风中摇晃，晚归的飞鸟，飞在天空绷紧的面孔里，但室内炉火闪烁，甘草、大枣、茯苓在黑褐色的砂锅里咕嘟咕嘟，清甜的雾气缭绕，小小的蜗居暖意铺陈。

过冬的心情渐入佳境，突然发现冬夜是个美词。

炉火上有柿饼、红薯、水晶饼，有抹了薄薄一层大酱的豆腐皮，会烤出一份别的季节没有香气。一壶茶水也煮开了，沸腾着，家人围坐，正在炉边烤柿饼的母亲，脸是红彤彤的，炉火映照的墙面也是红彤彤的。我很喜欢这种在满足味蕾之前，这炉火，这茶水，这烘烤过程带来的层层递进的幸福感——这个家，散发出的团圆和乐的温馨气息。

记忆里，童年的雪总是很大，在夜里静静地飘落，早上起来，童话世界就在眼前，迫不及待穿衣出门，打雪仗、堆雪人，确实玩尽兴了，但把衣服却弄得湿透。回家后，母亲一边煮葱白姜汤，一边在炉边烘烤衣服、鞋子，并吓唬我，再这样疯玩儿，下次就不准出门了。我不怕，不让出门，在窗前看雪吟诗也很好，不管是"纷纷鳞甲飞，顷刻遍宇宙"，还是"忽如一夜春风来，千树万树梨花开"，不管是"燕山雪花大如席，片片吹落轩辕台"，还是"孤舟蓑笠翁，独钓寒江雪"。诗里的雪有苍凉悲壮，有浪漫多情，有高洁风骨，于是，这雪看着看着，让人不由得探寻起雪的精神实质。我喜欢这种飘然思不群似的信马由缰。无雪的日子，天空常常是阴郁的，窗外有一种肃穆感，似乎万物在这个时刻，都值得凝视。层层叠叠的屋瓦，挡住了更遥远的视线，但遐想挡不住，我想读出风的形状，它会吹向哪里？阳光好的时候，通常无风，一般来说，太阳总是先坐在楼顶，挂在树梢，才逐渐遍洒大地的。阳光遍洒的时刻，天空湛蓝无云，层层叠叠的屋瓦圈起了一段闲散的时光，和爷爷搬了竹椅，背对着太阳，坐在院子里感受着阳光暖意的漩涡，陶然欲醉。时光很慢很静，我的身体好像是一颗沉睡的种子，与暖阳默契相拥的时候，才唤醒了筋骨，就像春草萌芽，每个毛孔都张开了嘴，吮吸着温暖。阳光与我，阳光与天地，亦如草木山川等待阳光挥袂，九野生风。

俗话说："秋冬进补，开春打鼓。"每年冬至的前一天是母亲做阿胶膏的日子。阿胶块的主要吃法是烊化，因为阿胶质地硬，母亲总是先敲碎泡入黄酒，然后将炒熟捣碎的核桃仁、黑芝麻与冰糖一起倒入搪瓷盆中，上锅蒸四个小时。蒸好晾凉的阿胶膏，黑润细腻，入口时有一丝不易察觉的腥味，但随着咀嚼就被满口的芝麻核桃的香裹挟着消失了。说实话，这阿胶膏更似一口解馋的"零食"。这"零食"从冬至那天开始，每天晚上一汤匙，吃到"出九"燕来满天飞，原本黄黄的小脸也飞起了红霞。

日光惨白，硬朗的北风吹得周遭树枝摇晃，临近三九，窝在家中的我，连报纸夹缝的广告都细细读过了，就去翻看台历的节气简介、谚语或诗句。

台历在爷爷的书桌上。书桌上养了盆水仙。水仙是和过年联系在一起的，因为水仙开花多在除夕前后。至此，冬的极致幸福就此打开，并推向高潮。在新春的祈愿里，残雪钻入土地，一场雨送来熏风旭阳，送来天地间的碧绿和芳香明丽，才明白古之所谓冬藏，确有深意在焉。

林徽因说，"冬有冬的来意，寒冷像花，花有花香，冬有回忆一把"。但冬与我，更像一个媒介，一个因寒冷禁足在家，孤独带来的体会和思考的媒介，那是我与自然建立起的最初连接。

这些典藏在我心中的画面，经常会让记忆重演那些经历和生活，在我童年的冬天里，由于孤独造就的细腻，我对中药香的体验，对负暄的感受，对窗外世界的凝视，实际上有着自己的指向——试图窥测和捕捉生活的某种本质，那种平静下掩盖的悸动，狭小连着的广阔。

我是自然界的孩子，我的良心是永远纯洁的。我想修炼成植物的性格。这是冬赐予我生命的底色，并在生命里隽永。

后记　孤独的丰盈

我的孤独与生俱来，大抵是因童年缺少玩伴；我的敏感也与生俱来，大抵也是因为幼年时面对的一次死亡。

小时候和父母参加了一次农村亲戚家的白事。那一天的傍晚，大人们都在搭起的大棚下吃饭，鼓乐连天。我和小伙伴误入村旁的墓园，那片起伏的土堆被槐林覆盖，随着暮色上浮，那湿润的、轻微腐烂的气味弥漫四散。那时我并没有恐惧，只是好奇地望着几个大人们正挥着铁锹挖着大坑，小伙伴牵着我的手来到坑边，指着大坑说，这是死人睡觉的地方。

我不知道是怎么跑回去的，只记得夜晚回家后，半夜从我的房间跑到父母房间，从脚底下钻进父亲的被窝，抱着他的脚，哭得泣不成声。父母都被我吓坏了，"你们也会死吗？"我忘了父母是怎样地安慰我的。但从那以后，我看一切都觉得可怜，小猫小狗可怜，因为他们会死；蜘蛛、蚂蚁也可怜，因为它们也会死。当然，我觉得自己也可怜。

既然都会死，那为什么活着呢？

或许那时潜意识里，"死亡"促发了我对生命的思考。我倒不是刻意在书中寻找答案，但是读书的确可以阻止我的一些奇怪想法，阻止我暂时不去想那些关于死亡的事——那可怕的冰冷的去处，那有各种虫子和黑暗的去处。

直至初中读了《红楼梦》中那"白茫茫大地真干净"和《百年孤独》里布恩迪亚家族的兴起和消失，在我内心涌起悲凉，这世上，荣华富贵不是恒久的，生命不是恒久的，那什么才是恒久的？

随着阅读的广泛，我发现许多著作都是探讨人性、生命的。想来，生命和死亡是文学的恒久命题。可见在这点上我并不孤独。

说到人性，歌咏的主题永远是"爱"，这是每个生命过程中的阳光。而生命，歌咏的主题是"本真"。这是阅读和写作后，自己的理解和收获。

读书带来了快乐，也让自己打开了视野和思维。喜欢写日记，喜欢看了某本书，记录一些感受，阅读和写作也就这样不知不觉地成了一种习惯。

父亲忙于生意，学习上是爷爷管着我们兄妹。爷爷喜书法，爱诗词，略懂草药，有着老式文人的雅趣，莳花酿酒，过烦琐的、讲究的节日。这样的氛围，也是我阅读和写作的滋养。

小时候，哥哥的武侠书经常被爸爸没收，我也经常发现父亲拿着这些书挑灯夜读。父亲总是喜欢金庸小说里"郭靖"式的人物，在生意场，他从不偷漏税，从不弄虚作假。父亲当年经营的加油站因为诚信保质而成为周边政府、国营单位的定点加油站。后来因为城市改造，加油站被拆除。有一天经过这个地方时，我惊喜地发现，这个路口竟然有了站牌——就是当年父亲经营加油站的站名。这个站名弥补了西安这近二十年的城市改造给我带来的陌生感，似乎冥冥中，父亲用另一种形式，还在与我们连接，或者说是某种传递。有时我想，有些事物看似消逝，却换了另外一种方式存在。

母亲勤劳善良，虽没啥文化，却明白最质朴的道理，经常说的一句话就是，好好工作，好好做人，多种花，少栽刺，要与人为善。

我一直认为，阅读和写作一定是一个精神重塑的过程，也是寻找自我的过程，让我在喧嚣中不焦躁、不迷茫，给日子赋予诗意，让生活多一些色彩，让孤独的自己丰盈充实。

我不是一个有雄心壮志的人。任何事，我都是顺其自然的态度，包括阅读和写作。在生活中，我喜欢一切质朴的东西，在生与死之间，我能把握住的这段时光，我想真实、真诚对待它，亦如生命之初般质朴；也希望我的小文传递的微光，温暖你、鼓励你！

这本散文集所收录的作品都是我近年发表在各级报刊的文章，能结集出版，要非常感谢天津人民出版社。在写作的这几年里，有许多老师和文友给予了太多的帮助和鼓励，感谢你们！在文学的世界里，有你们，我是幸运的；有你们，我不孤独。在此后的岁月里，就让文学温润我的心灵，助我寻找温暖的文字。

是为后记！

2022 年 9 月于长安书芳斋